tsurumi shunsuke

鶴見俊輔

ドグラ・マグラの世界
夢野久作　迷宮の住人

Kodansha Bungei bunko

目次

ドグラ・マグラの世界

夢野久作　迷宮の住人

ドグラ・マグラの世界

このドグラ・マグラという言葉は、維新前後までは切支丹伴天連(キリシタンバテレン)の使う幻魔術のことを云つた長崎地方の方言だそうでただいまでは単に手品とか、トリックとか云う意味にしか使われていない一種の廃語同様の言葉だそうです。語源、系統なんぞは、まだ判明致しませぬが、しいて訳しますれば、今の幻魔術もしくは『堂廻目眩(どうめぐりめぐらみ)』『戸惑面喰(とまどいめんくらい)』という字をあてて、おなじように『ドグラ・マグラ』と読ませてもよろしいというお話ですが……一種の脳髄の地獄……

——夢野久作『ドグラ・マグラ』

1　世界小説の誕生

世界に世界意識が生れたのは、いつからか。かっきりとくぎって決定することはできない。世界的規模で影響をもつ事件の一つ一つと見あって、世界意識がより明白に育ってきたともいえる。ローマ帝国の出現は、ヨーロッパにとって世界意識をつくったであろうが、当時の日本人はそれを知らなかった。マジェランの世界一周は、世界意識形成のための交通上の条件をつくったが、それは地球をめぐる一条の線であり、その線からはずれたアフリカ奥地、南米の山中では、この航海の影響をすぐさまこうむることはなかった。だが、二十世紀に入ると、世界はかなりにつまってきている。第一次世界大戦、ロシア革命、一九二九年のアメリカ大恐慌は、アフリカにも、中国にも、日本にも影響をあたえた。

日本に世界意識が生れたのも、このころと考えてよい。種子島に鉄砲渡来、ペルリが来て幕府が開国する、などは、日本の世界意識の前史にぞくする。日本の世界意識は、大正時代の産物である。

昭和に入ってから、日本は世界意識の存在証明として、幾つかの世界小説をもつようになる。横光利一の『旅愁』は、明治はじめの東海散士の『佳人の奇遇』や、森鷗外の『舞姫』にくらべてより著しく世界意識を表現した作品とはいえないが、戦後の野上弥生子『迷路』、埴谷雄高『死霊』、堀田善衛『審判』、武田泰淳『森と湖のまつり』、木下順二『オットーと呼ばれる日本人』を見ると、独自の世界小説の系列が日本に育っていることがわかる。日本は、みずからの世界意識を表現することをとおして、世界の世界意識をつくりかえようとするところまで来た。

こうした系列の作品のはじまりの一つが、大正から昭和はじめにかけて書かれた夢野久作の一連の小説である。世界意識というと『白樺』が考えられるけれども、ここには、トルストイ（武者小路）、ホイットマン（有島）やショーペンハウエル（長与）の世界思想の受容の上につくられた世界意識が底にあって、同時代の世界的事件である第一次世界大戦、ロシア革命を日本人の視角でうけとめ、評価するところからうまれた世界意識はない。他にもおそらくすぐれた作品があるとは思うが、これまで日本の世界意識の代表的作品と考えられて来た『白樺』の諸作品よりも、夢野久作の作品の中に、現代の日本の世界小説の系列の先例を見ることができると思う。

大正時代のもっとも決定的な世界的事件は、第一次大戦とロシア革命であり、これら両者と日本とをむすびつける事件が、日本のシベリア出兵だった。今日の日本の代表的な世界小説作家堀田善衛によれば、現代の日本を現代以前から区切るものはシベリア出兵だそうだ。現代日本とは世界意識をもつ日本だと考えてよいだろう。このシベリア出兵について、黒島伝治とともに、すぐれた小説を書いたのが夢野久作だった。この小説『氷の涯』についてはあとでふれる。

夢野久作には、第一次世界大戦のことを書いた『戦場』という反戦小説がある。しかし、第一次大戦の影は、大戦実録とはほとんど関係のない探偵小説『ドグラ・マグラ』に、より深い影をおとしている。脳髄の地獄を書いた小説、世界は狂人の解放治療場だという説を展開したこの小説は、第一次世界大戦を背景にしなくては、生れなかっただろう。

『ドグラ・マグラ』は、自分をさがす探偵小説である。主人公は、狂人で、自分の名前を知らず、自分が誰であるかを知らない。

大正十五年（一九二六年）十一月二十日、主人公は、時計の音で眼がさめる。それは、九州・福岡市の九大病院精神科の一室だった。

「……どうぞ……どうぞ教えてください。僕は……僕の名前はなんと云うのですか」

看護婦は、教えてくれない。病室には、名札が、かかっていない。やがて巨大な法医学教授がやって来て、主人公に暗示をかけ、彼みずからの力で、自分が誰であるかを思いださせようとする。それが、病気の治療法だというのだ。

医者の暗示をうけ、それにこたえているうちに、主人公は、知らず知らず、自分がおとしあなにおちてゆくように感じる。自分は自分が誰であるかを知らないままに、すでにおこってしまった何かの社会的犯罪にまきこまれてゆきそうだ。その犯人に仕立てあげられてゆくのではないか。彼は、がんきょうに、ところどころでたちどまり、自分が自分にとって未知の犯罪の責任者であることを自認しないようにつとめる。しかし、その犯罪は、自分が生れるよりも前から、現在より二十年も前から、誰かの精密な頭脳によって計算され、その計算の結果、自分が犯人になるようにわりだされているらしい。自分は、自分の知らないまま、すでに犯罪をおかしているのか？

主人公のおかれた状況は、コミュニケーションの網目の発達した二十世紀で各個人が社会にしっかりととらえられている状況そのままである。国家の支配するコミュニケーションの網目にとらえられて、しらずしらずのうちに、自分の見知らぬもう一人の人間を殺すべく自分の生れる前から数十年にわたって準備されている自分。殺人の罪を犯してしまってしかもそれに気がつかないでいる自分。独占資本主義の搾取の網目にしっかりととらえられて、自分の知らぬうちに、自分の見知らぬ人々を破局におとしいれている自分。しかも、いつまた黒幕中の犯罪設計者の手によって、自分が下手人としてつきだされ、自分のあずかり知ることさえなかった犯罪について処罰されなければならないかもしれないのだ。

『ドグラ・マグラ』の主人公ポカン君は、三つの犯罪について責任をとわれている。

1　自分の生みの母を絞殺した。大正十三年四月二日。

2　自分の嫁（いとこにあたる）を絞殺した。大正十五年四月二十六日。

3　自分と同じ病院に入っている患者にむかってクワをふりあげ、四名を殺し、一名を傷つけた。大正十五年十月十九日。

これらの犯罪をおこなったといわれるのは呉一郎（明治四十年生、現在十九歳）である。主人公ポカン君は、自分が呉一郎であるということを思い出すように法医学教授から暗示をかけられている。そこにもう一人、精神医学の教授があらわれ、かわって質問をつづける。どうやら両教授の学説はくいちがっており、暗示のかけ方の方向も、くいちがっている。

精神医学教授正木敬之と法医学教授若林鏡太郎は、大学生のころ、裁縫塾にかよう一人の女生徒を見そめた。はじめは若林が勝を制してその女生徒と半年くらし、後には正木が勝を制してその女生徒と半年くらした。一年後に男の子が生れた時、その子は、どちらの子か両博士には分らなかった。母親は黙して語らぬ。

そこから法医学・精神医学の両教授の競争がはじまる。法医学の若林は九大にのこる。精神医学の正木はゆくえをくらまし、アホダラ経をうたって日本全国を旅する。ここで長い長いアホダラ経が小説にさしこまれる。それは、今日の精神病院が精神病の治療にまったく不適当であり、患者をとじこめ、ナブリゴロシにする現代の生地獄であることをうたう叙事詩である。そして最後に、このアホダラ経をきいたかたは、今までとはまったくちがう精神病院設立のために、寄附を、九大病院精神科あてにしてほしいとのべて、きわめて事務的にしめくくる。

正木は全国をながしてあるくあいだに、各地のおばけの伝説、お寺の由来記などを研究する。それらは、正木が、卒業論文として書いた「胎児の夢」を実証するものである。ここで、今度はアホダラ経の次に、学術論文「胎児の夢」の要約（論文そのものは焼きすてられたという）が、この小説の中につっこまれる。小説の形式も何もめちゃくちゃで、細部がふつりあいにふくれあがり、精神病患者の手記にふさわしい一種の荒廃した空気がかもされる。

論文「胎児の夢」は、「脳髄はものを考えるところにあらず」という説を軸として展開する。脳が物を考えるという説は、古代以来の迷信である。だから、「頭の中に考えがある」というような言葉づかいで、われわれは物を考える。しかし、考えが頭の中にあるわけはないのだ。脳のはたらきは、電話局のはたらきに似ている。体中の各部分からつたわってくる電信をとらえて調整しているのだ。考えているといえば、むしろ体のそれぞれの細胞が考えているのだ。体の細胞のそれぞれのもつ考えの芽、その可能性は、脳の調整と妥協をとおして実現された思想よりも、はるかに大きい。

生命はそのはじまり以来何かを考えつづけてきた。体の各細胞に思想のあるごとく、原初生命さえも、思想をもつ。それが遺伝をとおして、その子孫につたわってゆく。母親の体内で誕生する新しい生命は、母親の体の中でみずからの形が原始的生命から進化して人間へとかわってゆくさなかで、生命全体の記憶をもう一度いきる。この胎児の夢を、再構成し推理したものが、正木の卒業論文だった。

しかし、この学説は実証しにくい。学問のためには手段をえらばぬこの精神医学者は、みずからの卒業論文を実証するために、一つの犯罪を計画する。彼は、裁縫塾の女生徒呉千世子の家系を、その歴代の墓のあるお寺までいってしらべた上で、その遺伝の中のもっともあやうい部分を測定する。呉千世子のやどした胎児は、みずからの過去を夢みて育ってゆくその頃から、彼じしんの（おそらくは）父である人の手で、未来の犯罪を設計されている。

呉家は中国からの帰化人で、唐朝の遺民である。唐の玄宗皇帝の放蕩をいさめようとして、六体の美女のくさった死体の絵を描くうちに発狂して幽鬼となった者を先祖にもつ。この伝説が彼の子孫にかたりつたえられて、くりかえし発狂させる原因をつくる。その後、呉家は日本にうつり、財産をつくるが、きちがいすじとうわさされて、まわりの日本人からはうちとけてつきあってもらえない。そこで呉千世子は、結婚するチャンスを求めて、実家を出て、九大に近い裁縫塾にこっそりかよっていたというわけだ。

医学生は、呉千世子の秘密を知り、その腹の子が成人になるころに、ただ外側から暗示をあたえて彼の遺伝を触発して発狂させ、母ごろし、嫁殺し、患者仲間殺しの犯罪をおこさせる計画をたてる。二十年後に一連の犯罪として結実するこの計画こそ、彼の精神医学説の正当性を実証するものであり、（おそらくは）彼の子である呉一郎を罪におとすことにより、世界の精神病患者を究極的に救う、新しい原理を世界に知らせることになると、彼は考える。

その新しい精神医学の原理とは、狂人の解放治療である。精神病患者を、各部屋にとじこめずに、院内を自由に動きまわらせながら、関心をもつことを自由にやらせる。そして各自が何に関心をもつかを見きわめて、その患者が自分の無意識の記憶の中の何に苦しめられているかを見つけて、治療するという方法である。

この治療法は、この物語の主人公——自分の名を忘れたポカン君にも適用される。ポカン君は、いろいろなものを見せられる。呉一郎の家系由来記。呉一郎の犯罪調書。呉一郎の犯罪の新聞記事。呉一郎の犯罪についてときあかした正木博士の遺書。そうすると、正木博士はすでに一カ月も前に自殺したということになるが、さっきからポカン君に話していたのは誰だったのだろう?

この病院に入院していたいろいろの患者ののこした作品が陳列してある。その中には、「ドグラ・マグラ」と題する手記もある。ブウウ——ンンン——ンンンという時計の音ではじまって、同じ時計の音で終る手記だ。すると、今のこの小説と同じことになるか?

ポカン君は自分が誰であるか、推理に推理をかさねたが、依然としてよくわからない。そのうちに、運命の時計がなりはじめる。ブウウ——ンンン——ンンン。そしてこの小説は終る。

ここでは時間が破壊されている。破壊された時間が、勝手におたがいの前後におかれているので、Aという時間のわくの中でおこったBという時間が、Aという時間をまたふくむことになってしまう。はじまりがおわりとなり、おわりがはじまりになるという規則正しくじゅんかんする時間でもない。時間が破壊されてそのどまんなかに同一の時間がくいこみ、こうして時間にたいする復讐が、とげられる。時間の不可逆性にたいする犯罪というか。時間にしばられてわずらわしさにたえかねた精神病者が、この手記を書くことで、一挙に時間からの離脱を試みたと考えてよい。狂人の書いた推理小説という状況の設定が、この時間の破壊された世界の構築に見事に役だっている。

2　民族主義と無政府主義のともにうまれる場所

『ドグラ・マグラ』が、世界の推理小説の歴史の中で、どのような位置をしめるかは、改めて問われてよい。推理小説の始祖ポーの書いた「ユリイカ」に、この作品はよく似ている。夢野と同時代に生きた第一次大戦後の表現主義の作家カフカの『審判』や『城』や『変身』にもよく似ている。第二次大戦後の実存主義の作家サルトルや、カミュの用いた死人の眼から人生を見る方法ともよく似た方法をとっている。いきぬきとしての推理小説には、コナン・ドイル以来、多くの作品がある。たとえばコナン・ドイル作品中の白眉といわれる『パスカヴィル家の犬』を読んでみると、それは、私有財産を盗人から守るという目的だけのために探偵の知力がささげつくされており、この作品をささえる哲学の単純さにびっくりしてしまう。犯罪のトリックを新しく一つ二つ工夫したとしても、ただその故に推理小説の名作として、この種の作品を数うべきであろうか？　そうとすれば推理小説は、思想の容器として貧しいものに過ぎない。ポーにはじまりチェスタトン、カフカ、ケネス・フィアリング、松本清張にいたる推理小説の流れは、思想の容器としての推理小説にもっと大きな期待をもってよいことを示すものではないか？　思想の容器としての推理小説の系列の中で、夢野久作の『ドグラ・マグラ』は、独自の位置をしめている。『ドグラ・マグラ』は、日本の推理小説の系列の中で、一つの位置を占めるだけではない。日本の思想史の上でも、他の著作によっておきかえることのできない重要な位置を占めている。日本の右翼思想の思想方法上の特色を、集約的に表現しているからだ。

夢野久作は、本名を杉山泰道という。父は杉山茂丸。一八九四年（明治二十七年）、当時五歳の長男泰道に家督をゆずって隠居して以来、親類縁者の係累にわずらわされず、官職とも縁なくひとりの浪人として、日本の内外を歩いた政治家である。当時は、責任のある役職についている人たちが、自分で非公式に国内・国外の反対派の責任者をおとずれて、その真意をただすことができにくかった。丸腰捨身の浪人が反対あるいは独立の諸勢力の間をぬって匿名の組織者として力を果しうる条件にあった。そのためには彼らは対立する諸勢力の代表者にそれぞれにとっての死命を制する秘密情報を外部にもらさないという、人間的な信頼をうけていなければならず、またみずからは地位をも名誉をも富をも得ないという決意について双方から共通の理解をもたれなければならなかった。杉山茂丸は、別名ホラ丸とよばれたほど、話が大きく、明治の政治家たちは彼と話をしていると、しぜんに未来が明るく見えてくるので、このためにも彼を愛していた。しかし、ホラ話のかげにかくれて秘密はかたく守ることが、彼が深く信頼された根拠だった。杉山は、福岡の生れで、頭山満と親しく、玄洋社と深いつきあいをもった。この父の影響をうけて、夢野久作の作品には、初期の玄洋社同人、明治の右翼の浪人が、しばしば顔を出す。それは、昭和時代に入ってからあらわれるかたくなな国粋主義者・国権論者ではなく、自由民権の拡大とアジア解放とを求めるインターナショナルな視野をもつ民族主義者であり、国粋主義・国権主義への転向前の民族主義者である。

このような右翼浪人の姿は、『犬神博士』と『氷の涯』とにとくにあざやかである。『犬神博士』は、乞食芸人の夫婦にそだてられた五、六歳の少年が、玄洋社の社長にくっついて、巡査とやくざのあらそう修羅場をこえて、知事に会いにゆき、筑豊炭田の利権が三井・三菱の独占資本にとられるのをふせごうとする物語である。玄洋社社長楢山は福岡県知事にむかっていう。

「ホンナ事い国家のためをば思うて、手弁当の生命がけで働きよるたあ、吾々福岡県人バッカリばい」

このせりふの中にある地方民中心主義は、国権主義、独占資本主義、中央集権主義、官僚主義にたいして、浪人民族主義者のよってたつ柱だった。

『氷の涯』は、第一次世界大戦とロシア革命の波にまきこまれた日本の一兵卒の物語である。主人公・上村一等卒は満洲・ハルビンの日本軍司令部につとめ、混乱にまぎれて私財をこやす将校と御用商人たちの計画にまきこまれる。公金もちにげの罪は、一番位の下の彼にかかってくる。彼は、赤軍と連絡をとっていたかどで処刑される白系露人の商人の娘とともに、白軍占領下のシベリアをさすらうが、軍の公金をもちにげした赤いスパイの名は一つの伝説となって流布し、のがれることはできない。彼は、公金の横領がどのように軍隊を利用しておこなわれたかを遺書にかきのこし、白系露人の娘ニーナと二人で、氷結したシベリアの海をウイスキーをのみながらそりにのって沖にむかって走ってゆく。

主人公の一兵卒の党派にとらわれない正義感が、やがて彼をシベリアに出兵した日本軍の中に住み得ないものにしてゆく物語は、戦前の推理小説としてめずらしい。ロシアを描いた推理小説として、もっと有名なものに木々高太郎の『人生の阿呆』があるが、高度の国際的知識が駆使されていながら、その結論は明治様からもらった勲章と位記を胸にひめて、中将未亡人が共産党員をうちころすということで終っている。ロシアに留学した医学博士である木々高太郎の推理小説が、やや単純な国家主義の思想の容器であり、右翼的な作家夢野久作の書いた推理小説が、もっと本質的な意味でインターナショナルな感じ方を実現しているのは興味がある。

一九三五年（昭和十年）に杉山茂丸が死に、その葬儀をすまして一九三六年に夢野久作が死んだ。日中戦争から日米戦争にかけての軍国主義全盛の時代をかれらは知らない。戦後の今日ふりかえってみて、杉山茂丸からも夢野久作からも、まなび得る何かがあるような気がしてならない。それが、戦後の民主化ならびにその後の独占化のいずれの時代にも、盲点になってきたもののようだ。

『犬神博士』『氷の涯』『ドグラ・マグラ』の三つの推理小説について、そこにとらえられた一種の民族主義の考え方をぬきだしてみる。

（一）徹底的唯名論（ラジカル・ノミナリズム）。夢野久作の推理小説は、五、六歳の少年（『犬神博士』）、国籍離脱者（『氷の涯』）、狂人（『ドグラ・マグラ』）による犯罪の謎ときの過程をえがく。社会から規定されている自分の状態からぬけだす人の立場、社会からまだ自分を規定されていない者の立場が推理の軸になっている。名前は社会からあたえられる。しかし、それは便宜的なものだ。名前をまだつけられていない状態の自分から、つねにあらたに考えてゆかねばならない。

自分をつねに虚においてみる。名前のつく前の自分の部分から考える。ということは、他人にたいしても、名前によって規定されていない部分にむかってうったえるという方法なのだ。これは一種の政治の方法であり、組織の方法でもある。

国家の規定する自分、会社、学校、家の規定する自分よりも深くに、おりてゆくと、祖先以来の民族文化によってつくられた自分があり、さらにその底に動物としての自分、生命、名前なき存在としての自分がある。そこまでおりていって、自分を現代社会の流行とは別の仕方で再構成し、新しく世界結合の方法をさがす。そこには、民族主義をとおしてのインターナショナリズムの道がある。民族のたましいの底のさらに名もない部分。大陸浪人の考え方の底にあったのは、このような徹底的唯名論である。

（二）　脳の拡大。脳は電話局であり、そこでものを考える場所ではないという説は、思想の道具を頭の外にひろく求める方向にみちびく。栃錦は、カカトに眼があるようだと相撲の世界で評された。日本の伝統的な技能の世界では、体の各部分に独立したかんがあるようにという哲学で、人をきたえた。臍の中に心をおく、丹田に心をおくという右翼人の考え方の基礎づけを『ドグラ・マグラ』の正木博士が、卒業論文でおこなっているのは面白い。考える道具が、脳だけでなく、内臓に、手足に、さらに手足の使いこなす飛行機やタイプライターへと拡大してゆく。それはさらに、考える道具としての人間の社会組織（理論的にいえば、人間をこえた宇宙の組織）へと発展してゆく。

『ドグラ・マグラ』の正木説によれば、それぞれの細胞が考える。そうなると、ひとりの人間の思想とは、一個一個の細胞の考えの交錯と調整の産物である。さらに正木説は、各個の細胞の考える力を信じ、それを復権させよと説く。この考え方は、そのまま、組織論に転化しうる。正木流のモナドロジー（単子論）は、認識論としての徹底的体感主義を生むだけでなく、組織論の上での自由連合主義を生みだす。まえに『犬神博士』からぬきがきした初期玄洋社の政治観は、このようなアナキスティックな組織論をふくんでいた。頭だけで考えるのでなく、指も、毛髪も考えるという認識論は、中央の官僚機構だけでなく、地方末端のどの一人といえども、自分の独立した考えをもつという政治観とむすびつく。明治維新にさいして、また昭和はじめのファシズムへの傾斜に、大きな役割を果した草莽（そうもう）という理念は、このような意味をになわされている。ここでわれわれは頭山満・杉山茂丸をうみ、宮崎民蔵・滔天兄弟をもうんだ、一つの思想の流れにゆきあたる。それは、民族主義と大陸浪人的な国際主義をともにうみ出す母体であり、民族主義と無政府主義とのともに生れる場所なのだ。それは、一方ではかつて明治維新をつくりだす原動力となったことでこの国家づくりの実績にたいする自負と国家主義へのつよい傾斜をもち、また他方では朝鮮・中国と境を接し、血液の上でもつながりをもち、天草・沖縄をとおして東南アジアへと人間的交流の通路をもつ九州独特の民族主義をとおして実現するインターナショナリズムである。

(三)　二つの学問の型。『ドグラ・マグラ』の法医学教授若林博士は精神科学応用の犯罪を設計し、患者の無名氏ポカン君をその道具として使おうとする。人文科学のあらゆる知恵を動員して犯罪をおかしたらどうなるかが彼の研究の主題だ。これは、ナチズムの時代の科学者の学問観に似ており、原水爆時代に原爆保有国に生れた今日の科学者の学問観にも一脈通じる。これにたいして、精神医学教授正木博士は、犯罪をつくりだすことをとおして自分の精神科学説を一挙に証明しようとする。これは、自分の生活を破局におとしいれて自分の学説を証明しようとする破滅型・実存主義的な学問論であり、太宰治を連想させる。またブルジョア支配下の法を破り犯罪をおかして学説を証明しようとする革命主義的な学問論であり、全学連の理論家たちを連想させる。狂人の解放治療場で殺しあいの惨劇を実現し、その惨劇によって自分の学説は実証されたとうそぶく正木博士のわりきった考え方はきわめて戦後派的でさえある。犠牲としてえらばれるのが、自分の子(らしき男)であるという点では、歌舞伎劇寺子屋の象徴の生きかえりともいえる。しかし、自分の子を犠牲にした正木博士は、そのあとで狂人服で自分を緊縛して、投身自殺するのである。

この小説ではまた、研究室内の人間的かっとうが迫真力をもってえがかれている。研究室内で人間的あつれきがおこる時には、日本の大学制度がもともと大学間の交流をたつことによって成立しているので、密室殺人に似た現象がしばしばおこる。学者はこの小説の中に自画像を見ることができる。私が、学問論としてこの小説にひかれたのは、卒業後に大学をとびだして、アホダラ経をうたって歩く、正木博士の学風である。彼は行商で研究のヒントを得て、大学にのこっている主任教授にむけて資料の送付を続けている。アカデミックな学風が、別の学風によって、つくりかえられ、こやされるという展望が、この本にとらえられているような気がして、たのしかった。

＊夢野久作『ドグラ・マグラ』早川書房、一九五六年

〔『思想の科学』一九六二年十月号〕

夢野久作　迷宮の住人

I　はじめに

なぜこの人について書くかというと、この人の作品を五十年以上前に読んで、おもしろく思ったからであり、この作品がどのようにしてできたかを知りたいと思うからである。作品の世界は、作者の歴史とちがうし、作者の歴史について知ることが、作品の意味をあますところなく解きあかすことはないだろう。そのようなわりびきをした上で、この著作の形成史についてのおぼえがきをつくる。

杉山泰道（たいどう）は、一八八九（明治二十二）年一月四日、杉山茂丸と高橋ホトリの長男として福岡市小姓町にうまれた。

母は早く離別され、泰道は祖父・継祖母のもとでそだった。幼名直樹。一九一七（大正六）年から文章を発表。一九二六（大正十五）年、『新青年』の懸賞小説の二席に「あやかしの鼓」が当選し、十月号に発表された。この時から夢野久作のペンネームを名のる。

一九三六（昭和十一）年三月十一日、上京中に死亡。四十七歳。

その作品は、明治以後の文学史の中で、主流からはみだしており、同時代から十分の評価をうけなかった。彼の死後ほとんど一世代をこえた一九六〇年ころから、作品にひかれる読者がふえてゆき、二つの全集が、三一書房と葦書房から刊行された。評伝と研究書も数多くあらわれ、杉山龍丸、西原和海、山本巖による評伝は、これまで知られるところの少なかったこの人の姿をあきらかにした。私のこの肖像は、杉山、西原、山本三氏に拠るところが多い。

夢野久作の人と作品について、私が知りたいのは、こういうことだ。一九三一年から四五年までの戦争中にそだった私は、この国の同時代の気分が、東京中心の論壇の中で、きわめて排他的な国家主義一色にまとまってゆくのを見た。同時に、私が読むことのできた夢野久作の作品は、この精神の鎖国とあいいれないものだった。久作の父が、九州の玄洋社と近しい間柄にある政客であったことと考えあわせると、私には不思議なことに思えた。そのことは、日本の右翼思想としてひとくくりされているものに、再考の余地をあたえる。

このような家の思想の下にそだち、九州に主にくらして、同時代の日本にめずらしい、ひらかれた視野をつくりだす道すじはどのようにしてあらわれたか。

第一部　夢野久作の世界

Ⅱ　架空のおいたち

自分が、このようにそだちたかったといういつわりの成長小説が、『犬神博士』である。

この小説は、一九三一（昭和六）年の九月二十三日からあくる年の一月二十六日まで、『福岡日日新聞』に連載された。連載のはじまる五日前の九月十八日、奉天郊外の柳条湖で、日本軍参謀は計画をたてて満鉄線路を爆破し、軍司令官本庄繁はこれを中国軍のしわざとして、総攻撃を命じた。満洲事変のはじまりであり、やがて日中戦争への伏線となった。

この小説の読者は、主として福岡県人であり、もっとひろく見て、九州人である。東京の読者はいなかったと見てよい。作者は気ままに福岡の方言をまぜ、土地言葉のリズムではなしをすすめる。生活風景も、祭りの見世物も、引用される歌やおどりも、当地のおとなのよく知っていることばかりだった。いわば仲間うちの物語としてすすめられた小説であるため、東京に本拠をおく文壇小説・大衆小説からかけはなれたものとなった。

夢野久作は、アマチュア作家である。農園の経営者であり、地方新聞記者としてつとめてもいたので、文章収入を考えずに筆をすすめている。そのアマチュアぶりが、よくあらわれているのが、『犬神博士』である。

主人公の名は大神二瓶。大の字に点をうって、犬神博士とアダナをつけられた。その犬神について彼は言う。

村でとても困ったことがあると、お宮をたて、オス犬をどこからかさがしてくる。

> その牡犬を地均した御宮の前に生き埋めにして、首から上だけを出したまま一週間放ったらかして置くと、腹が減ってキチガイのようになる。そこでその汐時を見計らって、その犬の眼の前に、肉だの、魚だの、冷水だのとタマラナイものばかりをベタ一面に並べて見せると犬は、モウキチガイ以上になって、眼も舌も釣り上った神々しい姿をあらわす。その最高潮に達した一刹那を狙って、背後から不意討ちにズバリと首をチョン斬って、かねて用意の素焼きの壺に入れて黒焼きにする。その壺を御神体にして大変なお祭り騒ぎを始める。

「モウキチガイ以上になって」などとは、格調高い文体とは言いがたく、作者が能に通暁し、師範をつとめる人だとは察しにくい。しかし、犬神のあらわれる状況のナマナマしくつたわってくる文章である。

人間だってそんな眼に会わせたら大抵神様になるだろうが。

歴史を通底する力が、個人の中にやどる消息を示し、それが、この成長小説の序詞となる。

　俺の身上話をしてもいいが、どこから始めていいか見当が付かないので困るのだ。
（中略）俺の記憶に残っている両親はドウヤラ本物の両親ではないらしいから困るんだよ。

本当の両親に売られたのかもしれない。だから、買ったほうでは、おまえのからだには金がかかっているとかいって、ぶったりたたいたり、したのだろう。両親と称する人たちは、親であるとともに雇い主であり、そのどちらとも言いきれない人たちで、その両親と、血のつながらぬこのこどもとが、一組を作って、九州北部の村から村へと、旅をつづけるというのが、主人公の記憶のはじまりである。

吾輩はこの両親にあらゆる悪い事を仕込まれた。世間並の親だと自分たちは勝手な悪事を働いていながらも、子供にだけは善い事をさせようとする。継母が継ッ子をイジメるのでも、悪い事を取り立てて叱るもんだが、この両親はまるで正反対だった。吾輩が悪い事をすればする程機嫌がよくて、その上にもモットモット悪い事を仕込もうとするのだから敵わない

まず教えこまれた悪事は、嘘だった。山道を歩くと、おとなにおくれる。そうすると、女親はつかまえてなぐる。なぐりつかれると、今度は男親に命じてなぐらせる。最後に、こどもが、土の上に両手をついて悪うございましたと、心にもないわびを言うと、ようやく終りになった。こうして、親が「道傍の蛙をいじめるような考えで、言わば退屈凌ぎにやっているのだから」、それにあきるとまた先をいそごうということになる。その人情の機微を、四ツや五ツ（というのは今の数え方でいうと、三歳か四歳）のこどもが、察するようになった。毎日こんな目にあっていれば、そうなるのも当然で、この子は、小さいころから、社会を相手として智恵をはたらかせるようになった。

さて、いよいよ村にさしかかると、女親は三味線をひきはじめ、男親はホイホイと掛声

をかけて鼓をうつ。やがてゴザを二枚道ばたにしいて、三番叟からはじめてカッポレ、奴
さん、雨ショボ、雪はチラチラなどという男親の歌にあわせて、こどもが踊った。野天で
やる時には思いきったわいせつな歌になり、それにあわせて、こどもも誇張した身ぶりを
つける。巡査の影がチラリと見えると、歌の文句をかえて、「奥の四畳半」が「沖の暗い
の」に、「いつも御寮さん」が「いつも奴さん」にさしかえられ、踊っているゴザを男親
にひっぱられて普通の身ぶりにかわり、巡査がいなくなると、またもとのわいせつな身ぶ
りにもどる。というように、社会の表と裏とをあわせて見る力を、幼にして身につけた。
むろん四つか五つの子供だから意味なんかテンデ解らないが、矢鱈にお尻を振ったり色眼を使ったりして、踊りの手を崩して行くのが、子供心に辛かった。何だか芸術を侮辱しているようでネ。ハッハッ……。

しかしそのお尻の振り工合が悪いと、アトで非道い眼にブン殴られるのだから、イヤでも一所懸命にやる。そうなると見物が、哄っと笑う。情ないにも何もお話にならない。しかも見物は女の児の積りで猥雑な身ぶりを喜んでおるのに、踊っている本人の正体は泣きの涙の男の子なんだから、イヨイヨナンセンスこの上なしだ。

男の子が女の子になって演じ、それと知らずに、おとなの男たちは童姦症のたのしみを

かすかに感じる。踊る三―四歳の男の子の内面には、男と女とが変換できるものだという感じ方がそだってゆく。

お蔭で吾輩は、七、八ツ頃まで男と女の区別を知らなかった。男の風をしている女もあるし、女の風をしている男もいるものだと、自分に引き比べて想像していた。そうして頭が白髪になるまで腕力で頑張った強い奴が爺になって、口先ばかりの弱い奴が婆になるんだろう。オレの両親なんかは、おしまいに男と女とアベコベになるのかも知れない。オレも今の中は小ちゃくて弱いから女で我慢していて遣るが、そのうちにモット強くなったら、両親を二人とも女にして、莫蓙の上で踊らせて、自分だけが男になって歌を唄って鼓を叩いて遣ろう……くらいにしか考えていなかった。今でも時々ソンナ夢を見る事があるがね。

こどもの踊りに対して、「二十銭銀貨」がなげこまれることもあったが、投銭のおおかたは五厘か、一厘半だった。それらをまとめて一円くらいになると、女親はゴザをまいて、その場をはなれる。

そうして、村外れの木蔭とか、橋の下とか、お寺の山門とか言う人気のない処で貰い溜めの勘定をする。すべてこう言う連中は十中八、九、人前で銭勘定をしないのが通則で、身体じゅうのどこに銭を隠しているかすら人に知らせないのが普通になっている。これは宿に着いてから寝ている間に盗まれない用心の意味も無論含まれているが、第一金を持っている風に見られないのが主要な目的なのだ。コンな仲間で金をチャラチャラさせて見せるのは大抵、街道流れの小賭博打ちと思っていれば間違いはない。
ところで吾輩の両親は、一通り貰い高の勘定が済むと、今度は二人で分わけを始める。七分三分だか四分六分だかわからないが、女親が余計に取っていたのは事実だ。そうして最後に鐚銭が五文か七文残ると、それまでも平等に分けて、最後の一厘は有無を言わさず女親が占領する。一厘半の文久銭だと四捨五入して、やはり女親が取るのだから厳重なものだ。

こうして、金銭のやりとりまで、しっかりと見ている。自分たち一家の営業をなりたたせている法の行使の実状、一家のくらしをなりたたせている金銭の出入りと分配方式など、社会のからくりを、三、四歳の眼で見ており、今日の中学、高校をこえる実地教育をうけた。

それにもうひとつ、美的感覚の訓練もうけた。女親と男親のまのとりかたをくらべて、男親のほうがすぐれていることを、こどもは感じている。「男の声は俗に云う痘痕声と言う奴で永年野天で唄っているせいか朗かなうちに寂がある。」
宿にとまっても、飯とおかずはおとなに対してだけ出る。こどもは、女親の汁椀があくのを待って、女親の御飯を山盛りいっぱいもらうだけだった。

　それでも男親のほうはイクラカ温情主義の処がないでもなかった。吾輩が、懐中に仕舞って置いた短い箸を出して、ボロボロの唐米飯をモソモソやっていると、その途中で、女親の眼を窃みながら蒲鉾だの、焼き肴の一切をポイと椀の中へ投げ込んでくれる事がチョイチョイあったが、これは今になってよく考えて見ると、単純な温情主義ばかりではなかったように思う。男親も吾輩と同様に、女親から絞られている組だから所謂同病相憐れむと言った気味合いがあったと同時に、吾輩の踊りに対して非常な同情を持っていたせいであったと思われる。つまり男親は、吾輩に踊りの手振りを仕込んでくれた師匠だけに、吾輩の天才に対しては深い理解を持っていたので、稼ぎ高の多し些しにかかわらず、吾輩の踊りがピッタリと地唄や鼓に合った時には、吾輩自身は勿論のこと男親も嬉しくて嬉しくてたまらなかったらしい。その御褒美の意味でコンナ事をしたらしいので、吾輩もその蒲鉾や干魚の一片を貰った翌る日は、前の日に倍して一所懸命に踊ったものであった。

男親と三、四歳児の間には、芸術家同士の切磋琢磨があった。このようにしてみがかれた自前の美的感覚と、自分のくらしは自分で見るという智恵とをもって、このこどもは、自分の両親だけでなく、県の政治、さらには国の政治に対することになる。

三人が組んでかせいでいたのは、日清戦争前後というから、一八九四年から五年くらいだった。やがて主人公が七歳（今の六歳）になった夏のこと、女親が病気でねこんでいる間に、男親とふたりでかせぎに出かけ、興行が成功しすぎて警察にひっぱられた。

福岡警察署で、二人は髯面の部長のとりしらべをうける。ひきたてられたきっかけは、「アネサンマチマチ」をおどったということで、それを再現してみろと言われる。

「オイ女の児、オジサンの前で一つ踊って見よ。ハハハ……踊ったら褒美を遣るぞ」

「いやヤ……」

と女の児（実は男）はおかっぱ頭をふってことわった。

「フーン」

と髯巡査は、おもしろがって、

「踊らんと監獄へやるぞ」

「ワテ監獄に行きたい」

「……ナニ……」

「ワテ監獄に行きたい」

「フーン。何で監獄に行きたいんか。こわいところじゃぞ監獄は……」

「そんでも監獄へ行ったらアネサンマチマチ踊らんでもええから」

「アハハ。こりゃあナカナカ面白い児じゃぞ。お前はそんなにアネサンマチマチがきらいか」

「アイ。銭投げてもろうて踊る舞踊みなきらいや」

「フーム。ナカナカ見識が高いナ、貴様は……。銭もろうて礼いうのがいやか」

「礼は言わんがな。しゃれ言うだけや」

「ナニしゃれを言う？」

「アイ。オワリガトウゴザイマスと言うのや。ここから行くと名古屋のほうが大阪より遠いという心や」

髯巡査は、この不敵なつらだましいをもつ女の児におどろいた。

「しかしそれは子供にはチット出来すぎたしゃれじゃが、いったい誰に習うたんか」

「父さんにならいました」

「この父さんにか」

「アイ。おどりもならいました。この父さんワテ好きや」

「ハハア母さんはきらいか」

「よその人より好きやけど……」

と、女の児はSの字型にからだをまげて、こびをしめした。

髯巡査はここに、三人親子の秘密のかぎがあるとみて、しらべをすすめる。なぜ母よりも父が好きか。すると、こどもは、母が父にバクチをしかけて、もうけをとりあげるからだという。バクチという言葉をきいて巡査は耳をとがらす。

「ハハア。バクチを打って父親（てておや）が負けるのか」

「サイヤ。毎晩父（とと）さんが負けて銭（ぜに）とられるよってワテが母（かか）さんを負（ま）かいて皆とりもどいてやろと思ったけんど、この間から母（かか）さんが病気しよったけんで、可哀相になってやめたんや」

「アハハ。こりゃあイヨイヨ出（い）でてイヨイヨ奇抜（きばつ）じゃ。お前はその強い母（かか）さんに勝つみこみがあるのか」

「アイ。何でもアラヘンがな」

「フーム。これはぶっそうじゃよ。それじゃあお前もバクチを余程（よほど）うったことがあるな」

「イイエ。バクチはきらいやからうったことないけど、勝つくらい何でもアラヘン。札（ふだ）の裏から一枚一枚手役が見えるよって……」

「ウァー。こらあイカン。この児にはなにかとりついとるぞ」

「なにもついとらヘンがな。札（ふだ）もってきてみなはれ。みなあててみせるがな」

そこに芸者のトンボねえさんがやってきて、さきほどの大道芸で、こじきの小娘の踊りが花街中の評判になって、トンボねえさんの旦那大友市会議員がこの児を放してくれという手紙を書いて、とどけさしたという。ところが、それがきっかけとなってトンボねえさんの持参した、もっとよい着物にきかえさせようと裸にしたところで、小娘が実は男であったことがわかる。

「あなたあ。ホンナことい、自分で、男か女か知んなざれんと?」

「知らん。そやけどドッチでもええ」

「どっちでもええチュウがありますかいな。はがいタラシげなか、この人ア。たいがい知れたもんたい。セッカク人があがきたがきして福岡一番の芸妓い成いてやろうとしよるとい……」

「芸妓さんはきらいや。非人がええ」

そこで舞台は一転して、「コラ非人、もうかえれ。こちらから通知するまで木賃で待っとれ」というので、警察の裏手に出て、男親と一緒にゆっくり立小便をしていると、またこいということになって、今度は人力車にのせられて料亭につれていかれる。

料亭の仲居さんにまず風呂にいれられ、腹がへっているから先にメシを食わせろというと、仙台萩の千松のように忠義になれとさとされ、こどもながら芝居には通じているから千松のことはわかったが、

「芝居の千松やたら御飯たべとるからヒモジュウない言うのや。ワテエ御飯たべとらんか

らヒモジイ言うのや。あたりまえやないか」

　仲居のおばさんはやりこめられて、

「それでもアンタア……千松は忠義者じゃろうが」

「忠義て何や」

「まあ。この人あ。どうしたまあ、日本人にうまれて忠義ば知んなざれんと！」

「知らんがな。知らんけんど日本人やがな」

「まあこの人あ……忠義ちゅうたあなあ。目上の人の言わっしゃることをば何でもきくとが忠義たい」

「目上の人の言うことなら何でもようききよるがな。尻振れ言うたら振りよるがな……どないな悪いことでも……」

　とにかくふたたび女の姿にさせられ、座敷につれてゆかれると、そこには県知事、警察署長がならび、下座にはさっきの髯巡査もトンボねえさんもいて、酒をくみかわしている。

　床の間をせおった知事は、さかずきをとらせるという。

「ワテエ。盃（さかずき）、いらん」

「……」

「御飯たべたいのや」

「自分で飯をくうひまはなかったのか」

「あらへんがナ。ワテエと父さんと道ばたで寝とったんを、その旦那さん（大友市会議員）とこのアネさんが手まねきして、この家の前につれてきて、アネサンマチマチ踊らしたんや。そうしたら若い巡査のケダモノサンが、その踊りアカン言うて、警察へつれてゆきよったんや」

「フーム。ちょっと待て。アネサン待ち待ちという踊りを踊ったというかどで、警察へ拘引されたというのじゃな」

「サイヤ」

「フーム。それはドンナおどりじゃ」

「ハハハ。爺さんも見たいのけえ」

「ウム。見たい。見せてくれい」

「ハハハ。馬鹿やなあ」

ここでトンボねえさんは、こどもの口をふさごうとするが、知事はとめて、こどもの言うにまかせ、そのうちに黙りこんでしまって、

「ウム……これは天の声じゃ」

と言いだす。そしてこどもと男親に飯をくわせろと命じる。二人が、次の間で飯をたべているうちに、宴会はたけなわになり、無礼講にかわる。こどもがふすまをあけてのぞく

と、

「達磨さんえい、達磨さんえい。赤いおべべは誰がくれたア。どこのドンショの誰がくれたァ」

「ヨイヨイ」

と芸者が一斉に手をたたきながら共鳴した。署長の三味線も何も何処かへフッ飛んでしまうくらいスバラシイ景気である。そのさなかで髯巡査が胴間声を張り上げながらドタンドタンと踊り上った。

「これは天竺。色町横町の。オイラン菩薩の赤ゆもじ」

「ヨイヨイ」

吾輩は髯巡査の踊りの要領を得ているのに感心してしまった。赤い長襦袢から、毛ムクジャラの手足を、煙花線香みたいに突き出して跳ねまわるのだから、チョット見には非常に乱暴な、武骨な踊りのようであるが、その中に言い知れぬ風雅な趣きと愛嬌がある。それがその据わりのいい腰付きに原因していることを発見したので子供ながらもう一度感心しながら見惚れていた。

やがて一同ドンタクドンタクということになって、茶碗やお皿をたたいて、座敷をグルグルまわりはじめた。別間でのんだ酒がまわってすっかり大胆になった男親が、チイ（主人公の呼び名）の手をとってこっそり逃げだす。木賃宿から女親もつれだして汽車にのって近くの直方の町に逃げる。あとで知ったことだが、男親は、座敷の名士の財布をかっぱらってきたのだった。やがてとまった木賃宿で、両親はバクチをはじめ、そこに宿の主人がくわわって両親の有金全部をまきあげてしまい、さらに、娘を芸者にうるから抵当においてゆけということになる。ここでチイが登場し、宿の主人に勝負をいどみ、宿の主人のイカサマのうらをかいてうちまかすが、宿の主人は、「おまえたちは警察のおたずねものだろう」と言って、はなさない。やがてつかみあいになって、バクチは蚊帳の中でおこなわれていたので、チイが外に出てつり手をきると、なかでもみあいとなる。チイはかろうじて逃げだし、あらしをついて走り、力つきて行き倒れになる。その間に木賃宿の主人は何者かによって殺され宿には火が放たれ、焼け跡から黒こげ死体が出てきた。犯人は、非人の男女とされたが、その連れ子が実は放火殺人犯人であるという説も捨てきれないという。

このことを、主人公は、行き倒れになっているところをひきとって看病してくれた天沢老人からきいた。そこは大きな家で、ねたきりの七歳児のそばに、十七、八歳の娘がついていてくれた。

その令嬢は百年も前から吾輩と一緒に暮して来たかのように親しみ深い態度で、吾輩の枕元に坐ると今一度ニッコリ笑いながらさし覗いた。

「……気分はどう……」

七歳児は、この十七、八歳の娘からたずねられるままに、自分のおいたちと、木賃宿でおこったこと、火事の光に照らされながら大風の中を逃げたことをはなした。この語らいの中に、侵入者があらわれた。殺された木賃宿主人はやくざで、その兄弟分や子分がこどもをかたきとねらって、医院からこどもをさらおうとしたのだ。

その人相の悪い男は、眉毛の上から太い一文字の刺青をしていたが、その刺青の両端が、外の光を受けてピカピカと青光りに光っていたことを今でもハッキリと記憶している。

その男は、その刺青の下の凹んだ眼で、お嬢さんと吾輩の顔を見比べると、白い歯を剝き出してニヤリと笑った。

……と同時に、ほとんど鴨居に閊えそうなイカツイ身体を障子の蔭から現わしたと思ううちに、突然、疾風の如く飛びかかってきた。

お嬢さんはその時に

「……アッ……」

と小さな叫び声をあげたようであった。その瞬間に吾輩も無我夢中になって、額に乗っていた濡手拭を引っ摑みながら、片手ナグリに投げ付けたが、その手拭は四角に畳まったまま、大男の鼻と口の上へへバリ付いて、パーンと烈しい音を立てた。

……と思うと、その次の瞬間に、不思議な現象が起こった。その男は濡手拭を顔にクッ付けたまま、座敷のまん中に仁王立ちに立ち止まった。眼の球を二、三度クルクルと廻転させてヒンガラ眼を釣り上げた。両手をダラリとブラ下げたまま仏倒しにドターンと畳の上に引っくり返ると、間もなく、手足をヒクヒクと引き釣らせながら、次第次第にグッタリとなって行った。

おどろいたのは、お嬢さんとこどものほうで、人を殺してしまったのかと思って二人がかりで大男のえりくびに手をかけてだきおこそうとしたが、うまくゆかない。今度は左右のむなぐらをつかんでひきおこすと、男がそっくりかえったので、二人ともひきずられてヨロヨロして、その拍子に大男のドテッ腹をひざこぞうで思いきりついてしまった。手をはなされた大男の頭はイヤというほどタタミにぶつかった。

彼は、やっと気がついたらしく、ペロペロと舌なめずりして、仲間を呼ぶつもりで声をかけたが、その声はのどにつまって、ヒイヒイというかよわい声だった。そのうちに、か

まえているお嬢さんとこどもとに気がついて、おきあがるや、

「ワーッ」

と大声を出して逃げていった。

玄関のほうで、仲間が、

「どうしたかい」

「やりそこのうたか」

「こどもはおったか」

とやりとりするのがきこえ、今の大男の声で、

「かえれッ……みんなかえれッ……あの子は幻術（ドグラマグラ）つかいぞ、幻術使いぞ。逃げれ。逃げれ。殺されるゾーッ」

と呼ばわる声がきこえ、

「ハンマの源太が青うなって逃げて行ったぞ」

「奥座敷（おくざしき）でやられたらしい」

と臆病風（おくびょうかぜ）にふかれて、やくざ連中はもどっていった。

ここではじめてドグラマグラという言葉があらわれる。九州の方言らしいが、これがやがて、夢野久作の長編のキーワードとなる。

ぬれ手拭でハンマの源太を倒した術は、「逆の気合い」として説明される。それは、主

人公がやがて成人してから、福岡にのこる双水執流という当て身と投げ殺し専門の柔道の範士について、合い気の術をならうようになってから、さとった。ハンマの源太がこどもをさらおうとしてとびこんできた一本槍の気合いが、ぬれ手拭に顔をうたれてピタリと中断され、まえからつめてきた呼吸をすいこみかけたそのショッパナをハタキとめられたので、呼吸不能におちいって気絶したのだという。

　このことがあってから、天沢医師は、まえから娘に護身術として小太刀を教えていたのに、今度はこどもをくわえて、小さい竹べらを使ってけいこをするようになる。

　さてその間に、殺人犯のうわさのあるこのこどもをめぐって、警察側プラス大友親分一派対玄洋社プラス磯政親分一派のとりあいがすすんでいる。そこには筑豊炭田をどちらがとるかについての利権の対立がからんでいた。

　お嬢さんは、秘蔵の銀紙を竹べらにはって、竹光の短刀をつくってくれた。それを枕元においてねむるうちに、こどもは、これからおこるけんかをとめに行こうと思いついて、夜陰に乗じて天沢医院をぬけだす。

　玄洋社の壮士対警察の大乱闘をくぐりぬけ、血をあびて小便をしていると、ドテラをきた男が、そばに来てつれしょんべんをはじめた。玄洋社社長の楢山だという。

「おまえ、ホンマに楢山けえ」

「おれを知っとるか」

「知らいでか……知事と喧嘩しとるバカタレやろ」

「そうじゃ、よう知っとるのう」

「知らいでか。知事とお前が喧嘩するよってん、直方の町中の人が泣きよるやないか」

大男は、笑わなくなった。そしてこどもを肩車にして、知事のいる料亭に向い、壮士達と警察、二派のやくざの乱闘をよそにして、余人をまじえず両大将の会談となる。楢山の言い分は、今おころうとしている戦争（日清戦争）を前にして、人民の炭坑を政府が横どりして、政府御用の三角や岩垣の財閥にあたえてしまうのはやめてくれ。

「あんた方が役人の威光をば笠に着て、無法な事ばしさいせにゃ人民も玄洋社も反抗しやせん」。

薩摩の海軍、長州の陸軍。みな金モールの服きた、金持のおかかえ人足で、

「ホンナ事い国家のためをば思うて、手弁当の生命（いのち）がけで働きよるたあ、吾々福岡県人バッカリばい」。

中央政府は薩長の藩閥政府。国家の利害を一身にせおってはたらくのは福岡県人という区別けをして、国権をになう地方民権の立場から福岡知事に、玄洋社社長は説く。それでもなお会談に決着がつかぬうちに、ハンマの源太にひきいられたやくざの一派は料亭におしこむ。乱闘をふたたびのがれ、知事と玄洋社社長をあとに、こどもは山にむかって走ってゆく、というところでこの物語は終る。

押川春浪の武侠物語だったら、どちらか正義の側の勝利で結ぶところだが、夢野久作はそうしない。

こどもは、その後どうなったか。少年・青年・壮年のころをとばして、老人となった彼が、新聞記者の訪問をうけるところから、この物語ははじまっているので、どういう思想を今もっているかはわかる。

「着物は別にない。寒い時に浴衣(ゆかた)を一枚着るくらいのもんだ。寒い時には寒い、暑い時には暑いというのが吾輩の信念だ。信念は暑くも寒くもないのが当然だ。それから履物(はきもの)は見付かれば穿(は)く。なければ穿(は)かない」。

「吾輩の眼から見れば世間の奴等の方がよっぽどキチガイじみている。頼まれもしないのに無駄な苦労ばかりしている。世界中の人間はみんな無駄骨折(むだぼねおり)がしたさに生きているようなもんだ。

これに反して吾輩の生活状態を見ろ。みんな廃物利用の原理原則に叶(かな)った堂々たるものばかりだ」。

Ⅲ　国境にえがく夢

ペリー来航以後、日本の青年の多くは、国境をこえてゆくことを夢みた。吉田松陰はその実行にかかって挫折した人であり、新島襄はそれを実行し得た人である。大黒屋光太夫や中浜万次郎は、意図をもってではなく、めぐりあわせによってそれを実行した人たちである。

国家の武力を背景にして集団をくんで国境をこえることは、国境をおしひろげて、ひろがった国境の内側でくらすことである。夢野久作の『氷の涯』(一九三三年)は、一九一八年にはじまるシベリア出兵で、出征した一兵士が、日本軍の列外にふみだして越境する物語である。国境とは何か、国境を越えるとは何かが、この物語によって問われている。

『氷の涯』は、『新青年』昭和八年二月号に発表された。おなじ年の六月七日に共産党指導者佐野学、鍋山貞親の獄中からの転向声明があり、つづいて獄中獄外の共産主義者が集団として転向する時代に入る。『氷の涯』執筆のころに、そのような時代が次に来ることを、著者は知るすべもなかった。しかし、シベリア出兵のいかがわしさをさとっていた著者は、昭和三（一九二八）年の張作霖爆殺、昭和六（一九三一）年の満洲事変をとおして、日本人をつつむ国境がさらに厚く、越えがたいものになってゆくことを感じていた。物語は大正九（一九二〇）年を現在として語られ、主人公は、ハルビン日本軍司令部の当番兵、歩兵一等卒上村作次郎である。彼の書きのこした文章によると、

　この遺書を発表するなら、なるべく大正二十年後にしてくれ給え。今から満十カ年以上後の事だ。それでも迷惑のかかる人がいそうだったら、お願いだから発表を見合せてくれ給え。

大正二十年とは、昭和六（一九三一）年にあたり、それは満洲事変をいとぐちとして、日本が長い戦争時代に入る年である。

遺書の書き手、上村作次郎は、ハルビンの日本軍司令部に当番卒として勤務中に、司令部付の星黒主計と十梨通訳と、ハルビン市一流の料理店兼待合「銀月」の女将富永トミの三人を惨殺して、「銀月」を焼き公金十五万円を盗み、日本軍の有力な味方だった白軍の総元締オスロフ・オリドイスキー一家をおとしいれて抹殺し、令嬢ニーナをかどわかして、ともに赤軍に逃げたという、売国・背任・横領・誣告、拐帯、放火、殺人、婦女誘拐の罪名をおわされている。その当人が、日本軍、白軍、赤軍の三つの政府からにらみつけ

られ追いこまれつつ、その三者をにらみかえしてここに、彼から見た事件の真実を記した。

「この手紙を僕は、この浦塩（ウラジオ）にいる密輸入常習の中国人崔に託する。崔は来年氷が溶（と）けてからこの手紙を一番信用のある戎克（ジャンク）舟に託して上海（シャンハイ）で投函（とうかん）させる約束をしてくれた」。

「僕は一種の虚無主義者（なまけもの）だった」。

大正九年、シベリア派遣軍司令部は、ハルビン市キタイスカヤ通りの東南端に近いヤムスカヤ街の角にたつ赤煉瓦四階建の家におかれていた。もとはセントランニヤという一流ホテルだった。今は、地下室が当番卒・雇人部屋と倉庫、一階が調理室・食堂・玄関、二階が司令部本部・経理部、三階が将校下士官の居室、四階がこの家の所有主オスロフとその家族の部屋だった。

オスロフにはニーナという娘がいる。ジプシーとコルシカ人の血をひく十九歳の少女で、十四歳の時に両親に売られて、上海につれてゆかれるところを、キタイスカヤの大通でのがれてオスロフのくびったまに、

「お父さん……」

と言ってだきついて、それから彼の養女になった。

彼女について、主人公はそんなに知っているわけではない。遺書を書いている今になっ

ても。

　性格はわからない。異人種の僕には全くわからないのだ。馬鹿馬鹿しい話だが彼女が平生、何を考えているのか、彼女の人生観がドンナものなのか、全く見当がつかないのだ。ただ是非とも僕と一緒に死にたいと言うから承知しているだけの事だ。そうしてこの手紙を書いてしまうまで死ぬのを待ってくれと言うと簡単にうなずいただけで、すぐ落着いて編物を始めている女だ。だから僕には解(わか)らないのだ。

　死ぬ間際(まぎわ)まで平気で編物をしている女……。

　三階の司令部の上の四階には、オスロフ・オリドイスキーとその母親と細君と養女ニーナがくらしていた。その屋上は、ひらべったい展望台で、そこには何百何十となく、仙人掌(サボテン)の鉢がならんでいた。それぞれ番号札がついていて、そのならべかたが、むかいのカボトキン百貨店三階の貴金属部にやとわれている赤軍所属のロシア青年に暗号通信をおくっていた。この青年アブリコゾフは正午にデパートの時計台にのぼって望遠鏡を使って、むかいの屋上のサボテンから暗号通信を読みとる。その日、おくられてきた通信は、

「オスロフが殺されそう。全赤軍のスパイ網が暴露した。十五万円」

という内容だった。その内容を書きとめているところを日本軍の歩哨にとらえられ、あ

っさり白状してしまった。そこから、オスロフは赤軍にねがえったものとされ、一家はつかまってごうもんにあった。

その十五万円とは、日本軍特務機関の密偵である十梨通訳が星黒二等主計をそそのかして司令部の公金をぬすませたもので、目的は、オスロフを赤軍のスパイとしてほうむることにあった。公金をぬすむほうは星黒二等主計に、オスロフ殺しは上村当番卒（主人公）におわせて、ハルビン市内の白軍とオスロフの子分とを納得させるというすじがきだと、これは、料亭「銀月」の女将から、上村はきかされた。欲情がらみの女将のさそいをけって、上村は逃げ出す。格闘のさいにストーヴがたおれ、「銀月」は焼けおちる。

たかが娘と見くびられて、監禁をとかれたニーナは、上村当番兵とともに、ハルビンから逃亡する。松花江をモーターボートでくだり、一枚の地図をたよりに、二人でシベリアを放浪する。ペトロフスカヤからハバロフスク、そこからウスリー江ぞいに興凱湖（ハンカこ）へ出て、ニコリスクからウラジオにおりてきた。ニコリスクでは白軍にとらえられ、スパイのうたがいをうけたが、ニーナからおそわっていたジプシー言葉が役にたって、しようのないジプシーとしてはなたれた。二人で演じる手風琴とジプシー踊りで、村の結婚式や祭りの余興を買って出て、ウラジオに入り、スエツランスカヤの裏通りの乞食宿にとまった。

その五階の天井裏の一室に、ペーチカの薪（たきぎ）をかつぎあげるのは一仕事だった。そこは売春婦や旅芸人、密輸入者、ばくちうち、インチキ両替屋のたむろするところだった。

このウラジオは、米軍がひきあげていったあと、日本軍が駐屯していて、スパイしらべがきつくなった。半年ばかり前にハルビンで主計と料理屋の女将とその情夫だった通訳をころして、公金十五万円をうばって逃げた一等兵がいたというニュースがつたわり、この男がこちらに来ていないかという問いあわせがきているという。そのうわさをニーナにもってきた赤軍の密偵は、ニーナに、自分のものになれとおどしたそうだ。

「フーン。それじゃ十五万円はやっぱり銀月の中のどこかにかくしてあったんだな」

「そうよ。それがやけちゃったことがわかったもんだから、赤の連中が、ムシャクシャ腹で十梨（通訳）を殺したのよ」

「惜しいことをしたな。われわれの無罪の証拠になるんだったのに……」

「証拠なんかなくたってアンタは無罪じゃないの」

「お前に対してだけはね……」

赤軍につくのも、白軍につくのも、日本軍につくのも、陰謀のコマにつかわれるだけで、もういやだとニーナは言う。

「わたしと一緒に死んでみない。ドウセ駄目なら銃殺されるよりいいわ。ステキな死に方があるんだから」。

僕はニーナの話を聞いているうちに、今の今までドンナ音楽を聞いても感じ得なかった興奮を感じた。僕の生命の底の底を流れる僕のホントウの生命の流れを発見したのであった。

　それまで彼は、自分の動機について、深く考えずに美術学校に入って中退し、それから映画のピアノひきをしてくらしをたてたり、ペンキ屋をしたりしているうちに、兵隊にとられてハルビンにおくられてきた。そういうただの虚無主義者である。自分の思想を、引用によってかざろうとしない、ただのなまけものだ。たまたまそのなまけ心に灯をともしたのは、運命にほんろうされて国々のはざまに生きてきた、ジプシー娘との出会いだった。

「お前と一緒に逃げたおかげで、とうとう結末がついてしまったね」。

彼は日本の国境内に住む友人にあて長い手紙を書きはじめた。その手紙も今は終ろうとしている。

　僕らは今夜十二時過にこの橇に乗って出かけるのだ。まず上等の朝鮮人参を一本、馬に嚙ませてから、ニーナが編んだハンドバッグに、やはり上等のウイスキーの角瓶を四、五本詰め込む。それから海岸通りの荷馬車揚場の斜面に来て、そこから凍結した海の上に辷り出すのだ。ちょうど満月で雲も何もないのだからトテモ素敵な眺めであろう。

ルスキー島をまわったら一直線に沖の方に向って馬を鞭打つのだ。そうしてウイスキーを飲み飲みどこまでも沖へ出るのだ。

そうすると、月のいい晩だったら氷がだんだんと真珠のような色から、虹のような色に変化して、眼がチクチクと痛くなって来る。それでも構わずグングン沖へ出て行くと、今度は氷がだんだん真黒く見えて来るが、それから先は、ドウなっているか誰も知らないのだそうだ。

それは帝政ロシアの囚人の夢みた脱出の方法だそうで、監獄に入っていたころ看守からきいて、ニーナは知っていた。でも、年よりの馬はカンがいいので、そりの上の人間がねむると、すぐに陸のほうにひっかえしてくるそうで、せっかく極楽往生をねがった脱獄囚が、眼をさますと、もとの牢屋のタタキの上にいたということもあるそうだ。

「もし氷が日本までつづいていたらどうする」

と、彼はニーナにきくと、彼女はハンドバッグを編む手を休めて、笑った。

昭和八年の日本の国境の上にえがく、はなやかな夢だった。この手紙をうけとった宛名の人は、雑誌『新青年』の読者で、やがて鎖国がさらにきびしくなってゆく戦争時代に、『氷の涯』の記憶はながく影をとどめた。

Ⅳ　生のめまい

『ドグラ・マグラ』は、昭和十（一九三五）年一月十五日に、東京の松柏館書店から出版された。自費出版で、書きおろし一五〇〇枚。

この原稿を、夢野久作は、大正十五年五月以来、十年にわたって書きつづけて、刊行の翌年に死んだ。「これを書くために生きてきた」と広告で述べるほどに、生涯でもっとも力をこめた著作である。

「ドグラ・マグラ」という言葉は、すでに『犬神博士』に出ている。こどもにぬれてぬぐいをぶつけられて気をうしなったハンマの源太が、おきあがりざま、

「ドグラ・マグラ使いぞ。幻術使いぞ。逃げれ。逃げれ」

とさけんで逃げてゆく。その時に、口から出まかせに使う言葉だ。

福岡の方言の中には、この言葉をきいただけで、その音から、だいたいの意味がわかる下地があるそうだ。「どまぐれる」という言葉があり、「まぐれあたり」のまぐれというのともくっついている。（谷川健一、「時代に先行する思想の幻魔術」、なだ・いなだとの対談、

『夢野久作全集』第4巻、三一書房、一九六九年）

めくらまし、というほどの意味であろう。私は、めくらましにかかって、この存在の底にいるという著者の直観を言葉にしたものだろう。その存在感覚をあらわすには、精神病院におかれた位相がふさわしい。その当人にとって、精神病院の内と外は、どちらも似ており、狂人・常人はつづきもので、たがいに入れかえのできるものだ。精神科の医者と患者もまた、たがいに通底するものをもっており、医者が患者で、患者が医者という場合もまたあり得る。この世界全体が、狂人のはなしがいの場であり、ここでみずからを治療する場でもある。

……………ブウウ――――――ンンン――――――ンンンン…………。

私がウスウスと眼を覚ました時、こうした蜜蜂の唸るような音は、まだ、その弾力の深い余韻を、私の耳の穴の中にハッキリと引き残していた。

それをジッと聞いているうちに……今は真夜中だな……と直覚した。そうしてどこか近くでボンボン時計が鳴っているんだな……と思い思い、又もウトウトしているうちに、その蜜蜂のうなりのような余韻は、いつとなく次々に消え薄れて行って、そこいら中がヒッソリと静まり返ってしまった。

私はフッと眼を開いた。

そこは、青黒いコンクリートの壁にとりかこまれた二間四方の部屋だった。その三方の壁に、黒い鉄格子、鉄網が二重にはられた大きなスリガラスの窓が三つある。窓のない側の壁ぎわに、がんじょうな鉄製の寝台があった。主人公（呉一郎）はその上に寝ていたのではないらしく、きれいにかたづいたままである。

自分の手足はアカだらけで、顔をなでまわしてみると、

……誰だろう……俺はコンナ人間を知らない。

私は私自身にも誰だかわからない私だった。やがて朝が来て、切戸があき、そこから膳がさしいれられた。パンとミルクとサラダをのせた膳をさしいれる手をとらえて、

「僕の名前は何というのですか」

とたずねると、若い女の悲鳴がきこえて、ろうかのむこうに逃げてゆく足音がした。

やがてがんじょうなトビラがひらき、六尺をこえる大男がそこにたっていた。大男は名刺をさしだし、九州帝国大学法医学教授・医学部長若林鏡太郎と名のる。

ここは、福岡県福岡市にある九州大学付属病院精神科の第七号室である。

今の日付けは大正十五年十一月二十日。そしてさっきの音は大学病院の柱時計の発した音で、それが真夜中に主人公をおこしたのであり、今は六時四分をさして巨大な真鍮の振子玉をうごかしつづけている。

病室の名札には名前が書いていない。しかし名前を知ったところで何になろう。時刻と場所ともどもにやがてはうしなわれてしまうのだが、しかしどうやら、彼が自分の名前を自力で発見するとともに、彼の思い出のすべてがもどり、その思い出は、彼の出生以前のさまざまの記録を含むものになるはずだという、彼の出生以前から実父（正木博士）の設計した精神病治療法の実験の材料にされているのだという。

こうして彼は、名前も経歴も発病の原因も知らされぬままに、学部長室につれてゆかれると、そこは精神病患者の作品の陳列室になっていた。

さまざまのめずらしい作品の間に、「ドグラ・マグラ」と題する一個の長篇小説があった。今作者の書いているこの小説はすでに完成品として、そこに並べられているのだ。

「これは何ですか先生……このドグラ・マグラと言うのは」

それは、この付属病室に収容されている一人の若い大学生が一息で書きあげた「一種の超常識的な科学物語」だという。今ならばSFという二文字でパッとわかったような気がするのだが、当時はこんな言葉はなかった。なにしろ前例として、ジュール・ヴェルヌ、H・G・ウェルズ、同時代に同種の作品を構想していた人としてザミアチンとオルダス・ハクスリーをもつくらいの浅い歴史をもつ様式にすぎなかったのだから。

そのあらすじというのは、簡単なもので、つまりその青年が、この病室にとじこめられて、想像も及ばないおそろしい精神科学の実験を受けている苦しみを読物に書いたものだという。こうして、この長篇小説は、はじまるとすぐ、そのあらすじを、小説の中の小説の紹介という形で、読者につたえてしまう。自分で書いたことを忘れている主人公は、自分が小説のモデルとして使った医者にたずねる。

「内容は面白いですか」

「さあ……その点もチョットト説明に苦しみますが、少くとも専門家にとっては面白いという形容では追いつかないくらい、深刻な興味を感ずる内容らしいですね」

それが、今書きつつある小説についての作者自身の控え目な評価というか、自信だったのだろう。

「このドグラ・マグラという標題は本人が付けたのですね」

「さようで……まことに奇妙な標題ですが……」

「……どういう意味なんですか……このドグラ・マグラという言葉のホントウの意味は……日本語なのですか、それとも……」

これにたいする若林博士の答えは――

「元来この九州地方には『ゲレン』とか『ハライソ』とか『バンコ』『ドンタク』『テレンパレン』なぞ言うような旧欧羅巴(ヨーロッパ)系統の訛(なまり)言葉が、方言として多数残っているようですから、或(あるい)は、そんなものの一種ではあるまいかと考え付きましたので、そのような方言を専門に研究している篤志家の手で、いろいろと取調べて貰いますと、やっとわかりました。……このドグラ・マグラという言葉は、維新前後までは切支丹伴天連の使う幻魔術のことを言った長崎地方の方言だそうで、ただ今では単に手品とか、トリックとか言う意味にしか使われていない一種の廃語同様の言葉だそうです。語源、系統なんぞは、まだ判明致しませんが、強いて訳しますれば、今の幻魔術もしくは『堂廻目眩』『戸惑面喰』という字を当てて、おなじように『ドグラ・マグラ』と読ませてもよろしいというお話ですが、いずれにしましてもそのような意味の全部を引っくるめたような言葉には相違御座いません。……つまりこの原稿の内容が、徹頭徹尾、そう言ったような意味の極度にグロテスクな、端的にエロチックな、徹底的に探偵小説式な、同時にドコドコまでもノンセンスな……一種の脳髄の地獄……もしくは心理的な迷宮遊びと言ったようなトリックで充実させられておりますために、かような名前を付けたものであろうと考えられます」。

ヒュームは、自著『人性論』の広告を自分で書いてそれが雄弁な小冊子になったが、それほどではないにしても、夢野久作はここで自著が後世にもつ意味を宣伝している。

さてその狂人作の長篇小説も、それを格納している夢野久作の長篇とおなじく、はじまりに、

巻頭歌

胎児よ胎児よ何故躍る　母親の
心がわかっておそろしいのか

その次のページに黒インクのゴチック体で『ドグラ・マグラ』と標題が書いてあり、作者の名前はなく、その最初の一行は、「ブウウ――――ンンン――――ンンンン」である。

胎児は夢をみるか。みるとしたらどんな夢か。電子顕微鏡も、実験装置ももたないルクレチウスが、叙事詩『事物の自然について』で原子の運動をえがいたように、『ドグラ・マグラ』の主人公をこの世にもたらして自分の精神病治療法の実験に供した医学者（正木博士）は、推理のみによって「胎児の夢」という卒業論文をのこして大学を去った。それからまる八年、この人は世界を放浪してオーストリア、ドイツ、フランスの三国にまなんでそれぞれの国で学位をとり、大正四年、第一次大戦開始のあくる年に日本にもどってきた。そのあとも放浪生活をかさねて各地の精神病院をたずね、精神病者の血統をさぐって「キチガイ地獄外道祭文」という小冊子をくばって歩いた。その小冊子は、当時の精神病院でおこなわれている治療の実態をうつして、俗謡の形にした報告書だった。この間に自分の実子がそだって、自分の計画する精神治療法を実証することを待っていたのだから、この医学者はわが子をいけにえに供した「寺子屋」の松王丸の変種だったと言ってよい。
博士が全国にまいた赤い表紙のパムフレットは、ここに資料として全文掲載されている。それは、術語を駆使して書かれた長大な冊子が小説の間にはさんであるような奇怪な印象をあたえる。はじまりの一節をひくと、

キチガイ地獄外道祭文――一名、狂人の暗黒時代――

墺国理学博士
独国哲学博士　面黒楼万児作歌
仏国文学博士

▼ああァ――ああ――アアア。右や左の御方様へ。旦那御新造、紳士や淑女、お年寄がた、お若いお方、お立合い衆の皆さん諸君。トントその後は御無沙汰ばっかり。なぞと言うたらビックリなさる。なさる筈だよ三千世界が、出来ぬ前から御無沙汰続きじゃ。きょうが初めて此の道傍に。まかり出でたるキチガイ坊主……スカラカ、チャカポコ。チャカポコ、チャカポコ……。
サアサ寄った寄った。寄ってみてくんなれ。聞いてもくんなれ。話の種だよ。お金は要らない。ホンマの無代償だよ。此方へ寄ったり。押してはいけない。チャカ

ポコ、チャカポコ……。

こんな調子で、自分が各地で見てきたこの世の生地獄、精神病院の様子を、ありありと、見物人の前にえがいて見せる。

精神病らしき人が出ると、体面のために、親兄弟が病院にとじこめる。そのあとは、母親をのぞいて家族はめったにあいにこない。すてられた患者には、おとなしくするための、さまざまの道具が使われる。

こわごわこの話にききいる人びとは、自分の身よりに精神病患者がいれば、思いあたるところもあり、自分の見たこともない恐しい場面が目の前でくりひろげられるのに会う。しかし、このような口づたえの見世物をとおしてひろがった精神病院実録は、新聞や雑誌やラジオにのることはなかった。大学の紀要、学会の雑誌にも、一定の形式をはみだした、このような表現はのることがない。

ここで、祭文がたりが、自分の顔かたちをみずから語っているところを引用しよう。

▼あ――ア――。まかり出でたるキチガイ坊主じゃ。背丈が五尺と一寸そこらで。年の頃なら三十五、六の。それが頭がクルクル坊主じゃ。眼玉落ち込み歯は総入歯で。痩せた肋骨が洗濯板なる。着ている布子が畑の案山子よ。足に引きずる草履と見たれば。

泥で固めたカチカチ山だよ。まるで狸の泥舟まがいじゃ。乞食まがいのケッタイ坊主が。流れ渡って来た国々の。風に晒され天日に焼かれて。きょうもおんなじ青天井だよ。道のほとりに鞄を拡げて。スカラカ、チャカポコ外聞晒す。曰く因縁、故事、来歴をば。たたく木魚に尋ねてみたら……スカラカ、チャカポコ。チャカポコ、チャカポコ……。

この陽性の小男に対して、主人公の青年患者を病室からひきだして大学を案内している法医学講座担当の若林博士は、病室のかもいに頭のとどくほどの大男で、あくまでものごしは丁寧で、礼儀正しく、いったん、教授用の安楽椅子にすわるとからだがたたみこまれてしまう、なにか巨大な蜘蛛を思わせる陰性の人物である。両者が恋敵としておなじ女性をあらそい、学界においても対立する学風を代表して、公私両面において葛藤があった。

九大医学部卒業後十八年。正木博士は各地を放浪して精神病院についてしらべ、祭文をかたって人びとにその知識をわかち、あつまってきた人たちに手びきされて精神病の家系についてのくわしいききとりをおこなった。そのあとでふらりと母校に、論文をもってあらわれる。その論文は、「脳髄論」と題される。この論文は、十八年前の「胎児の夢」と表裏一体の関係にたち、「胎児の夢」は「脳髄論」の逆定理とも見るべきものだという。

「脳髄論」の眼目は、「脳髄は考える場所にあらず」という主張にある。

　脳髄は一種の電話交換局である。アンマリ脳髄で物を考え過ぎると、電流を通じ過ぎたコイルと同様に、脳髄の組織の全体が熱を持って来て、その反射交感の機能が弱り始める。そうすると全身の細胞に含まれているいろんな意識が、お互い同士に連絡を喪(うしな)って、めいめい勝手な自由行動を執(と)りはじめる事になる。ソイツが軽い、半自覚的な、意識の夢中遊行となって、全身の細胞が作り出している意識の空間を無辺際に馳けまわるのだ。

　切迫した時に無意識に眼をとじたり、とびのいたりする。麻酔をかけられた時に、無意識の挙動をする。熟睡中に、はぎしりをしたりする。それらの場合を考えてみるならば、中央の電話局に故障がある場合にさえ、何らかの思想があらわれていることがわかる。人間ほどの脳髄がなくとも、みみずはみみずで考えている。からだはからだで考えている。また、個人は切りはなされているわけではないので、社会関係そのものが考える場であり、自然の環境そのものが考える場である。そういう場におしもどして、脳髄という中央電話局の故障をなおしてゆくべきだ。

修復のさいに、私たちのからだの中にたくわえられているさまざまの遺伝をとおして記憶をとりもどすことができる。それは胎児の夢をとりもどすことである。

そういう理論を、自分のうませた子に暗示をかけて、狂人の解放治療という場で殺人をおかさせることで実証をはかる。それを実証したあとで、自殺し、自殺したあとで法医学者の同僚（もとの同僚で恋敵）に資料を整理してもらって発表させ、わが学説を定着させる。無私と言えば無私、残忍無比と言えば残忍無比。それでは実験に供せられる実子、一個の狂人はたまらない。その患者の立場から、両博士の動きを推理したのが、この本で、その立場から見れば、陽性の正木博士（実父）も、陰性の若林博士も、共謀して自分を網にとりこむ二匹の毒蜘蛛である。わなにかかった患者当人は言う。

「ボ……僕は精神病者（きちがい）かも知れません。……痴呆（ばか）かも知れません。けれども自尊心だけは持っています。良心だけは持っている積りです」。

正木博士の理論は精神病の原因を一度かぎりの悪事（それに同博士は自殺によってつぐないをつける）によって証明されるかもしれない。科学は、そういう一回かぎりの悪をとおして、その善を人類にもたらすという約束の上になりたっているのかもしれない。しかし、

「学術が何です。……研究が何です。毛唐の科学者がどうしたんです。……僕はキチガイかも知れませんが日本人です。日本民族の血を稟（う）けているという自覚だけは持っています。そんな残忍な……恥知らずな……毛唐式の学術の研究や実験の御厄介になるのは死ん

でも嫌です」。

呉家の娘に言いよってその娘に子をうませ、その家につたわる系図と絵巻物によって、遠く中国の唐時代までさかのぼってその千年前の祖先からの因縁を心にうえつけて、その暗示力で実子に母を殺させ、さらに許婚のいとこを殺させ、精神病院内部での殺人を犯させる。こんなことが許されていいのか、と殺人者みずからが、治療する医師に抗議する。

「先生方は、そんな学術研究でも何でも好き勝手な真似をして、御随意に死んだり生きたりなすったらいいでしょう。……しかし先生方が、その学術研究のオモチャにしておしまいになった呉家の人達（自分の母系の一族―引用者注）はドウなるのですか……。呉家の人達は先生方に対して何一つわるい事をしなかったじゃありませんか。そればかりじゃありません。先生方を信じて、尊敬して、慕ったり、頼り縋ったりしているうちに、その先生方に欺瞞されたり、キチガイにされたりしているじゃないですか。この世に又とないくらい恐ろしい学術実験用の子供を生まされたりしているじゃないですか」。

「先生方はどうして旧態に返して下さるのです」。

しかし、主人公のいかりにも鎮静の時が来る。彼自身の度かさなる夢遊が、時間の秩序をくるわせ、すでに自殺した正木博士との架空の対話をもたらしたのだ、と彼はさとる。

彼の足は自発的にもといた七号病室にむかう。その中に入って寝台の上に、靴をはいたまま横になる。

そうだ、これが胎児の夢なのだ。俺はまだ母親の胎内にいるのだ。こんな恐ろしい「胎児の夢」を見て、もがき苦しんでいる。これからうまれでるとともに、たくさんの人を自分は殺すだろう。……しかしまだ誰も、そのことを知らないのだ……ただ俺のモノスゴイ胎動を、母親が感じているだけなのだ。

そしてふたたび、この物語がはじまった時の大学構内の柱時計が時をしらせる音、ブウウウウ――――ンン――――ンン……の中に、世界は沈む。

物語の中に、同一の物語が入り、長い長いあほだら経があり、学術論文があり、新聞記事の切りぬきがあり、娯楽本位の探偵小説の形はもはやふみぬかれている。

前の作品『犬神博士』にも、『氷の涯』にも絶望的楽天性があった。しかし『ドグラ・マグラ』はどのように読みかえてもあかるい物語ではない。正木博士の編みだし、若林博士のほめたたえる精神病の窮極の理論でも、精神病の治療の道はひらけない。人間はひとりのこらず精神病で、なかでも精神病の医師はとくべつに重い精神病にかかっていると いう自覚の表現であるようにも、この小説は解せられる。

患者である主人公の立場にもどって考えれば、彼のおかれた状況は、彼の激しくたかぶった気分には精神病医のめくらましにかかった状態と感じられ、彼がおちこんだ気分の時には、存在の状況そのものが彼にとってのめくらましと感じられる。

この作品をさしだされた昭和十年の読者はどのようにうけとったか。

第二部　杉山泰道の生涯

Ⅴ　父・杉山茂丸

明治維新は、それをどこでむかえたかで、ちがう質をもつ経験となる。夢野久作の父杉山茂丸にとって、北九州の福岡のおちこぼれ士族としてこの変動をくぐったことが、彼の生き方をきめた。その影響は彼の子杉山泰道の作品をつらぬいて流れる。

明治維新は、それ以前の長い年月をかけた運動であり、運動のにない手は、うきしずみをへている。杉山家の場合は、黒田藩内新生党少数派として出発してしりぞけられ、王政復古の後には武士身分をうしない、貧しくくらした。このころの記憶は、茂丸に、草莽(そうもう)として生きる志をつくった。草莽とは、くさはらというほどの意味で、政府につかえず在野の人として、これからうまれる新しい国家を支えようという志をもつ人を、草莽の志士と呼ぶ。現政府をくつがえす志が実現した後にも、新政府の役人にはならない。あらかじめそのように自己の位置づけをする人びとが、明治維新の変革期に、一つの群としてあり、杉山茂丸はそういう人びとの流れを汲むひとりだった。

彼の著作『義太夫論』は、幼少時から青年期にかけての彼の気風を、義太夫という一つの芸術様式への批評として書きのこした小冊子である。義太夫が、どのようにしておこったかを記し、さらにどのようにしてうけつがれるべきかの規準を示す。

> 而して其脚色の骨子とするものは、即ち「死」の一事を以て人情に迫り、総ての波瀾起伏は之れより発生することとせり。之れは彼の仏教が生老病死の悲哀的を根拠として百万の経典を縦横し、以て人情迷悟の妙機を制したるに倣ふものにして、即ち人類最強感の「死」を以て基礎としたるを知るべし。其君臣の義は之を以て貫き、父子の親も之を以て遂げ、夫婦の和又之を以て唱ふ。是に於てか社会百般の出来事は悉く死に纏綿したる情実にして、之を解決する死の研究をなす事は、之等作者によりて愈々進歩したりと云ふべし。此故に己れの尊信する道義の為め、若くは恥辱の為には容易く死と云ふことを以て解決するは全く此の狂言作者の円滑なる慫慂に出で、之れを受けて譜節演布したる巧妙なる芸人によりて、全脳を感化せられたる者と云はざる可からず、要するに此の義太夫節の感化に魅せられたる吾国民は、能く「死」と云ふことに極端の興味を翫味し尽すに至れり。

（其日庵『義太夫論』発行所台華社、非売品、一九三四年）

其日庵叢書「刀剣譚」によれば、杉山はもと龍造寺と名のっていた。龍造寺隆信は北九州の豪族をせめほろぼし、九州に大友・島津とならびたつほどの勢力を十六世紀にはもっていたが、家老の内通によってほろび、嫡男龍丸は放浪の末、黒田藩に身をよせた。藩主黒田長政は、杉山知庵（意休）の娘を龍丸にめあわせて、刺客をさけるために龍造寺姓をすてて杉山姓を名のるように説いた。龍丸は、杉山三郎左衛門と名のって黒田藩につかえた。明治に入って、杉山茂丸の実弟杉山五百枝があらためて龍造寺の家名をつぐことになる。

茂丸の祖父・杉山啓之進昌雄は、天保十四年に、先手足頭、長崎御番方をつとめ、弘化六年には宗像大島島司となった。安政二年、病のため退き、以後は歌道の門下生をそだてた。筑前勤皇党の加藤司書についたが、幕府の開国政策によって加藤司書は切腹、杉山啓之進は閉門を命ぜられた。この時、長男を廃嫡し、二女重喜（またの名は紫芽）に青木久米次郎（またの名三郎平）をむかえて養子とした。三郎平は以後、杉山誠胤と名のる。誠胤の父は福岡藩士切符格の御普請吟味役青木甚蔵である。

杉山誠胤（一八三八―一九〇二）は水戸学を修め、藩校の助教をつとめた。趣味として謡曲を好み、仕舞をまい、孫の泰道に教えた。版籍奉還後の明治二（一八六九）年四月二十一日謹慎御免となり、芦屋村（蘆家浦）に移り住んだ。主君への直言がわざわいしたという。

杉山誠胤の妻重喜は明治五（一八七二）年に三十三歳で、なくなった。実母死亡の時、杉山茂丸は八歳にみたず、二男五百枝は五歳、三男駒夫は一歳だった。継母となったトモ（戸田友子）は、もと黒田藩大組六百石青木佐衛門の二女である。彼女は娘カホル（薫）を生んだ。

芦屋村に移ってから、杉山誠胤は、半農半漁の生活に入り、かたわら家塾をひらいて近所の子弟をおしえた。かつてはおさないながら藩公にめされて、太刀持小姓をつとめたことのある茂丸は、今は父をたすけて畠仕事をし、くわの柄や下駄をつくって生計の足しにした。貧しいくらしの中で、東京の中央政府の高官の堕落をうわさにきくにつれ、反感がつのり、高官を刺して自分も死のうと決心した。しかし誰が、老いた両親の世話をするか。

後に『俗戦国策』（一九二九年）にみずから書いたところによれば、この時、父は、お前が死んだら夫婦ともに自刃する、と言って息子をはげました。息子が、死を決して高官を刺そうとしていることを察して述べた言葉である。

お前が死んだときいたら、この信国の短刀で夫婦ともに自刃し、思いのこすことなく、黄泉の国に行く。だから、お前は、うろたえて、不覚な死に方をしてはいけない。死所を得るためには、くれぐれも自重せよ。

父の隠居ですでに当主となっている茂丸は、わずかばかりの家財道具を売って、生活費として両親にわたした。さらに東京滞留の資金をつくるために肥後の熊本にゆき、名前だけ知っていた佐々友房をたずねた。佐々は、西南の役で西郷軍にくみしたため三年入牢した後、同心学舎（後の済々黌）をはじめたところで、まったくの貧乏ぐらしである。佐々に志をあかして重臣刺殺のために二百円貸してほしいと言った。佐々にはそれだけのたくわえはなかった。

杉山は借金をあきらめて宿にもどったが、あくる朝早く佐々がたずねてきて、あれから一晩中かけまわって百円だけつくった。他にも高見という人がいて愛蔵している一幅を売って六十円つくった。望みの額にはたらぬが、うけとってくれと言う。権力者を殺すためなら即座に金があつまる当時の不平士族の気風をあらわす逸話である。

杉山は感謝して、二つの抵当をおくと言った。一つは自分の首。もう一つは今権勢の地位にいる大官の首だ。君たちの貸してくれたお金への抵当として、君たちが要求する時には、即座にこの二つをわたす、と約束した。

こんなふうにして借金をする方法は、その後、杉山茂丸の生涯の流儀となった。

明治十三（一八八〇）年、十六歳のテロリストとして杉山茂丸は東京にむかった。父のいましめたとおり、彼はすぐさまの実行をさけて、まず注意深く、状況をみることにした。在京一年半にして一度郷里にもどり、明治十五（一八八二）年ふたたび出京。彼の不穏な動向に気づいた警察に追われる身となり、日本各地を歩いた上で十七年にまた東京にもどり、さらに帰郷、十八年に三度目の上京。まだ志はすてていない。

三度目の上京の時、かねてから彼が殺したいと思っていた初代内閣総理大臣伊藤博文を自宅にたずねた。総理大臣に、無名の青年がひとりきりで会うなどということは、今の日本ではほとんど信じがたいが、そのようなことができたのが明治初期であり、それだけの器量をもつ人が明治の指導者――すくなくとも伊藤博文だった。他にもいる。やはり無名の青年徳富猪一郎の著書を読んで、この同郷の若者と議論をかわした政府首脳井上毅で、その態度が自分の先入見をうらぎったことが徳富のその後の活動の形をかえた。杉山の場合も、似ているとはいえ、彼は高官刺殺を考えている青年なのだから、これを引見する伊藤の態度はさらに注目にあたいする。しかも、杉山の持参した山岡鉄舟の紹介状に、はっきり警告が書いてあった。

このものは田舎出の正直者で、閣下にうらみをいだいています。こういう青年はやがて国家の役にたつと思いますので、会っておさとしください。何か凶器などもっているかもしれませんから、そのおつもりで。

この紹介状を、杉山は、伊藤に会う前に、ひそかに封筒をあけて読んでいた。伊藤の自宅について紹介状を出すと、しばらく待たされた上、警官に身体検査をさせられた。前もって紹介状を読んでいたから刀剣の類はもっていなかったが、羽織の下にたすきをかけており、素手でも老人ひとりくらいは殺せる自信があった。

伊藤とむかいあってみると、これまで思っていたのとは大ちがいの貧相な小男で、杉山はこれにまず殺気をそがれた。あいさつをかわしたあと、伊藤は、はじめて会う君を巡査にしらべさせたのは心ないことだった。しかし君に殺されるまでは、僕も国家に責任をもっているから、僕が臆病かどうかはさておき、国家は非常に臆病なものだと思ってほしい。君が僕を殺すつもりでいることは承知したから、臆病の準備はできた。ゆっくりと時間をとって話そう。こう言って昼めしぬきで五時間ほどはなした。

杉山は郷里できいていた伊藤の罪状を九ケ条にわたってなじると、伊藤は一々証拠を示してこたえた。結局、杉山は伊藤を殺さずに、伊藤から晩飯をごちそうになって午後九時半に宿にかえった。

しかし、三年思いつめた志を一時にかえるわけにはゆかない。警察につきまとわれるのをさけて、ひとまず北海道にわたり、途中で会った青年と身元証明書を交換して、これからしばらく林矩一という名で活動した。

回心は、さらにあとの明治二十（一八八七）年に、同郷の年長者頭山満（一八五五—一九四四）に会った時におこった。

杉山茂丸は東京にもどっても身のおきどころがないので、銀座三丁目うらの木賃宿でくらし、新聞売りをしてしのいでいた。このころ、おなじ福岡出身の頭山満に会うようにすすめられた。頭山はすでに福岡の過激派として知られ、明治十四年に平岡浩太郎のおこした玄洋社の指導者の一人となっていた。

杉山茂丸著『百魔』によれば、頭山は、九歳年下の杉山に丁寧に対した。

「才は沈才たるべし、勇は沈勇たるべし、孝は至孝たるべし、忠は至忠たるべし。何事も気を負うて憤りを発し、出たところ勝負に無念ばらしをするは、そのことがたとえ忠孝の善事であっても、不善事にまさる悪結果となるものである。この故に平生無私の観念に心気を鍛錬(たんれん)し、事に当りては沈断不退の行いをなすを要す。おたがいに血気にはやって事をあやまらぬだけは注意したい」。

両者の交友はその後五十年、杉山の死にいたるまでつづいた。

その後も杉山茂丸は、テロリスト時代に身につけた借金術によってくらしをたてた。数年の日本各地遍歴は彼の視野をひろくし、とくに経済についての活眼をもつにいたらしめた。彼は、弁舌のたくみさだけで人から金を借りるだけではなく、他人にもうけさせることもできた人だった。

幕末の志士は、遠くはなれてともに活動するために、自分たちをむすびつける人間を必要とした。生きのこった何人かが政府の高官となり、さらにその何人かが元老の位置をしめるようになってからは、おたがいの責任上、ひざをまじえ腹をわって相談する機会をもちにくくなった。この時、もちまわり会議を可能にした人材が、杉山茂丸である。

伊藤博文、山県有朋、桂太郎、児玉源太郎（以上は長洲閥）、小村寿太郎（九州、飫肥藩）、明石元二郎（九州、福岡藩）の間をゆききし、これら肩書つきの高官の外の財界人藤田伝三郎、実業家星一、玄洋社の頭山満、中国通荒尾精などのつなぎ役としてはたらいた。

杉山茂丸を好まない人もいて、その代表格は山本権兵衛、清浦奎吾、原敬の三首相だった。『原敬日記』には、杉山茂丸が、信用できない話をする人物として何度も出てくる。大正九（一九二〇）年六月三十日の項には、日韓併合の韓国側推進者であった一進会の人たちが、その後一進会をかえりみないといって、杉山茂丸に自決を求めているというはなしを田中義一陸相とのあいだにかわしている。かつて、草莽の志士を利用してすててかえりみなかったとして、維新政府の高官を刺殺しようとした杉山茂丸が、日韓併合の後に、合邦の夢をふきこんで利用してから別の現実とすりかえた元兇として自決を求められているのは、歴史の皮肉である。

杉山茂丸には『児玉大将伝』（一九一八年）、『桂太郎伝』（一九一九年）、『明石大将伝』（一九二一年）、『山県元帥伝』（一九二五年）などの著書がある。いずれも、対象人物が故人になってからの著作であるが、故人の側近にあった人びとがまだ現役で活躍している時期に発表されたものだから、いちじるしく真実からはなれていれば反論をうけただろう。これらの著作が次々に刊行されたところから見れば、杉山がこれらの人々の政策立案に参画したのは事実であったと考えられる。

杉山茂丸については、一又正雄『杉山茂丸――明治大陸政策の源流』（原書房、一九七五年）が、もっともひろく杉山茂丸関係の文献を見わたした上で書かれていて、信用できる著作である。この本によって、杉山の足どりを見ると、明治二十年代初期に頭山満に九州の炭坑の経営にのりだして活動の資金をつくることをすすめ、山県有明、川上操六に朝鮮でことをおこして清国に対して日本を守るべきであると説き、藤田伝三郎から資金をもらって二度渡米してモーガン商会と交渉してアジア大陸開発のための興業銀行をつくることを協議したが実際の日本興業銀行設立はその考えどおりにははこばなかった。さらに博多の築港から関門海底鉄道の計画をたてたこと、明治三十六年に伊藤博文の依頼で外貨募集のために渡米したがこの時には成功しなかったこと（実際の渡米は桂内閣成立後）、ニューヨーク・タイムズの秘密通信員の話からもはや日露の講和を策すべき時が来たと考えて四千字にわたる長文の暗号電報を在満の児玉総参謀長にうったことなどが記入されている。以上が、不成功を含めて、杉山茂丸が画策しそのために努力した仕事である。

杉山の活動は、杉山の伝記の主人公について刊行された、杉山以外の書き手による正伝にはわずかしかあらわれない。したがって、これら表舞台の人物の思想と行動が、どれほどの部分を杉山茂丸に負うていたかは、わからない。ただ、杉山が、これら表舞台の主人公たちとの交友を、二十年、三十年の長きにわたって保ち得たという事実が残っている。その交友は、杉山がけっして地位と位階勲等を求めることがないという表舞台の人たちの信頼にもとづいていた。小島直記が『無冠の男』上下（新潮社、一九七五年）をえがくさいに、杉山茂丸を序章におき、その他の無冠の男たちの間をゆききする叙述の縦糸としたのは杉山にふさわしい評価である。

無冠の男の影響力は、明治の指導者が退場するにつれ、大正、昭和に入ってからうすれてゆく。大正の実力者原敬は、杉山茂丸を近づけなかった。昭和の指導者にも、杉山は自分の思うほどの影響力を、たとえば彼が満鉄総裁におした松岡洋右に対しても、もっていたとは思えない。満洲に手をつけるな、中国が自由独立の国としてたつことを日本は助けるべきだという杉山茂丸がくりかえし書いてきた持論は、昭和の指導者によって顧みられることがなかった。だがこの最後の日々に、彼は時勢に対する憤懣を、『義太夫論』に託して述べており、それは死の前年に刊行されて、彼の生涯最高の著作となった。芸術批評という分野におけるこの著述の中で、彼は死を決して権勢の人を倒そうとした青年期の情熱が今も彼の内にいつわりのないものとして保たれていることを示した。その水脈はやがて夢野久作の作品にうけつがれる。

杉山茂丸は『杉山其日庵遺作浄瑠璃集』（台華社、一九三五年十一月発行）に見られるようにみずから義太夫の台本を書き、みずから語りもした。明治四十二（一九〇九）年十月九日、伊藤博文の所望により、杉山は大森の恩賜館で、送別に三味線の鶴沢伊助をつれてゆき、「源平布引の滝、四段目の切、松波検校琵琶の段」を語り多田の蔵人行綱の苦衷を演じた。一時間にわたるこの間、伊藤は正座して耳をかたむけていたという。来賓は小村寿太郎、後藤象二郎と夫人たち、増田屋の女将、新喜楽のおばあさんだった。このあと伊藤は、ロシアの蔵相ココツォフ（後の首相）と会見するためハルビンまで出むいて朝鮮の志士、義兵参謀中将安重根の射殺するところとなった。

明治の高官にとって杉山茂丸を無視できないものとしたひとつの力は、当時の新興勢力だった頭山満らの国権主義の民間運動とのつながりだった。杉山が玄洋社から一歩はなれた独立の個人として動いている時にも、彼には、頭山らの支えがあった。それは高い位置にのぼった官僚にとっては、みずからふみこむことのできない世界とのつながりだった。

もうひとつの力は、杉山自身は借金術によるとのべているが、彼が自分の直接のつきあいをとおして内外の経済にあかるいという事実だった。国権主義の対極にあたる自由民権運動出身の政治家星亨に対して、杉山は、悪評につつまれたその横死後も同情をもちつづけた。有泉貞夫『星亨』（朝日新聞社、一九八三年）によると星の金脈のひとつに、ハワイ移民会社の機関銀行として一八九八年設立された京浜銀行があった。一九〇一年に星が刺殺されたあと杉山茂丸はこの銀行の整理に関係したところ、不足金が六十三万円に達していた。杉山は、これを空手形一枚で自分に貸し付けたことにして帳尻をあわせて営業をつづけさせた。星のおぼえがきが見つかり、それには藩閥系・政党系双方の多数の政治家との出入金関係が記されており、受け取りや関係書簡も出てきた。大蔵省が京浜銀行の立入調査にかかろうとした時、杉山は曾禰蔵相に、「与野党の差別なく合計一七三人を賄賂行使、賄賂授受罪で捕縛するだけの勇気をもっているか」とおどして、例のノートを見せ、そのノートは後に杉山自身が焼却したと、自著『俗戦国策』で語っている。有泉貞夫は星亨伝執筆にさいして外務省外交史料館の移民関係文書のファイルNO・三八二九三に、杉山の証言と見あう資料を見つけた。

彼の引用する大蔵省勧告によると、京浜銀行によって「移民の膏血ヨリ成ル多数ノ資金」が湯水の如くふるまわれた。一九〇六年現在の貸付分で、「債務者が政友会員及其縁故ノ者大部分ヲ占メ居ル趣ニシテ、三十万円余ハ債権ヲ取立ル見込無ニ覚束ニ」と述べられている。杉山は、おどしともみけしによって星ののこした穴をうめたわけで、これは人民の側にたつ事務処理であるとは言えない。同時に、このような裏仕事のできた人には、何十年にもわたって権勢の人たちから借金をしつづける力がそなわっていただろうということは推定できる。

大正に入ってからの杉山茂丸は、大正四（一九一五）年にインド独立運動の志士ラス・ビハリ・ボースが日本にのがれてきた時に、ひきわたしを求めるイギリスの圧力に抗し、イギリス政府に同調する日本政府に抗して、頭山満を助けてボースをかくまう運動にくわわった。さいわい新宿のパン屋の主人相馬愛蔵・黒光夫妻がボースを自宅にかくまいとおし、自分たちの娘をめあわせる。この時にも原敬は、頭山・杉山らに迷惑をかけられたと日記に記した。

大正六（一九一七）年に杉山はシベリア出兵を献策し、寺内内閣に実行を求める。これは失敗に終る。このシベリア出兵は、やがて夢野久作『氷の涯』に、軍隊の内部から描写される。

昭和十（一九三五）年五月二十三日には、頭山満・杉山茂丸五十年の交友を記念して、「金蘭の会」を、内田良平、星一が主催した。

それから二ヶ月たたぬ七月十七日に脳溢血で倒れ、昭和十年七月十九日、七十歳の生涯をとじた。芝増上寺で葬儀があり、福岡市一行寺で玄洋社葬がおこなわれた。戒名は増上寺の和尚の示したものを頭山満がしりぞけて、其日庵隠忠大観居士とした。

Ⅵ　杉山泰道のおいたち

孫文とともにはたらいた末永節、山田純三郎のところに、外国の学者と日本の歴史家がたずねてきた。末永・山田の話をきいた学者たちが、その話の証拠はどこにありますときくと、両人は、ともに机をたたいて怒った。

「中国革命のとき、何処にスパイが居るか、同志というても、油断のならないときである。それで、重要な連絡の手紙やその他のものは、すぐ焼いて灰にするか、時間が無いときは、食ってしまったのだ。

俺達は孫文の重要な側近者として、それだけの覚悟と用意を何時でもして、何時やられても、心配ないようにしていたのだ」

（杉山龍丸『わが父・夢野久作』三一書房、一九七六年）

学者が証拠に何かの文献を求めることは仕方がない。同時に、文献の裏のところに生きた真実があるということもまた、うごかしがたい。

杉山茂丸の生涯を、文献によってあとづけることはむずかしい。家の中の語りつぎの中には、歴史上の文献に姿を見せない彼がいる。家伝をとおして、この人の姿を求めることは、少なくともその姿の投影された息子の、内面的真実の手がかりになる。重複をおそれず、家伝をとおして、杉山茂丸―杉山泰道の道すじをたどろう。

杉山泰道の家系を、その長男龍丸編『夢野久作の日記』（葦書房、一九七六年）の資料と

しておさめた系図によって見る。（九七ページ）

父は系図を見せて、息子の龍丸にこんなおとしばなしをつけくわえた。

龍造寺隆信のそのまた祖先は、室町時代に京都にいた藤原兼隆という人で、朝から酒を飲んで女官をおいかけていた。思いを懸けていた女を天皇にとられたのか、いざこざがあった。天皇が怒って、藤原兼隆を北九州の佐賀県松浦に流した。彼がそこで松浦氏の娘に夜ばいしてできたのが龍造寺氏の祖先で、それが杉山の祖先でもある。

龍造寺氏のもう一つの源流である松浦氏には、中国から日本に渡ってきた王族の血も入っていたらしい。だから杉山のもとをたどると、日本人ではない中国人や、西域の人のものもあるという。

このような家系への自覚は、『ドグラ・マグラ』その他、数多くの杉山泰道（夢野久作）の作品にあらわれ、彼の作中人物はたやすく国境を越える。

泰道の容貌は、肌は白磁のようであり、髪はちぢれっ毛であった。顔は長く、口は大きく、その中に拳骨を入れてこどもたちをおもしろがらせた。頭も大きくて、「地球」と仇名された。

泰道の父茂丸の肌は、すきとおるほどに白かった。その顔だちは、デスマスクを青銅にいなおしたものとして龍丸の家にのこっており、それを見たインドのガンジーの弟子が、

「オ、オ、アーリアン」

杉山家系譜図

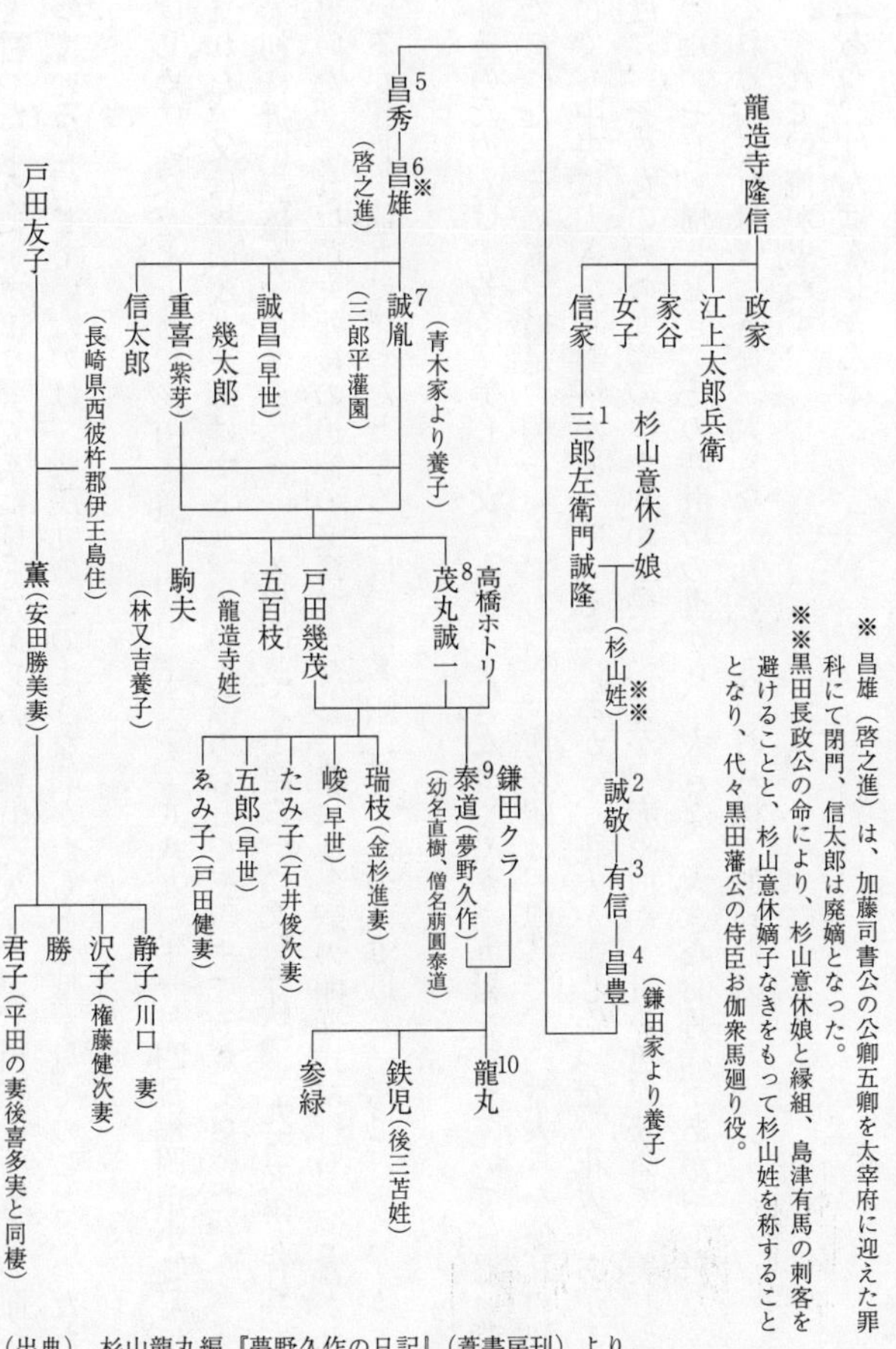

※昌雄（啓之進）は、加藤司書公の公卿五卿を太宰府に迎えた罪科にて閉門、信太郎は廃嫡となった。

※※黒田長政公の命により、杉山意休娘と縁組、島津有馬の刺客を避けることと、杉山意休嫡子なきをもって杉山姓を称することとなり、代々黒田藩公の侍臣お伽衆馬廻り役。

（出典）　杉山龍丸編『夢野久作の日記』（葦書房刊）より。

と言ったように、アーリア人系に見えたらしい。泰道（久作）が、祖先に西域人の血が入っていると信じていたのは、父茂丸のこのような顔かたちと体型を見てのことだっただろう。

はじめにのべたように、杉山泰道は明治二十二（一八八九）年一月四日福岡市小姓町に生まれた。父は杉山茂丸、母はホトリ。その生母のもとで三歳までそだてられた。

最初に近い記憶を、泰道は後に、「父杉山茂丸を語る」（『文藝春秋』一九三五年九月号）に書いた。これは茂丸死後の追悼の文章で、父と一緒に博多駅の開通式に行ったと書かれているが、長男龍丸に語ったところでは、博多駅に行ったのは実母と一緒にだった。

その女の人は、若く、美しい女の人で、大きなつややかな丸髷を結うていて、温い背であった。そして、襟足の美しい人であった。博多駅は、博多で、一番大きな煉瓦の建物で、中央に大きな時計塔があって、そこにあがる、花火が美しかった。花火があがる度に、その女の人の丸髷のつややかな髪に、光が、赤や白や、青い色が映えて、美しかった。そして帰るとき、その時計塔の上から、大きな、大きなお月様があがって来た。それは、それは、大きな、大きな、丸い、丸いお月様であった。

それで、俺が思わず、

『あっ、ぱんぱんしゃん。』

というと、その女の人は、突然、びくっと、身をふるわして、むせび泣きを始めた。
俺は、何か、悪いことをしたかと思うたが、その女の人は、すぐ泣きやめて、袖で涙を拭(ぬぐ)って、住吉の方に帰って行った。
俺は、博多駅の時計塔から上った、大きな満月を振りかえり、振りかえり見たのを記憶している。
その女の人は、一言も、俺に話をしなかった。そこで、俺の記憶は途絶(とだ)えているが、多分その女の人の背で眠ったのであろう。

（杉山龍丸『わが父・夢野久作』、ルビ―引用者）

博多駅開通は、泰道が満二歳のころのことで、このことがあってからほどなく、生母は杉山家を離れた。

泰道は、乳母友田ハルにそだてられた。

この人は、略奪結婚の根まわしすることを特技としていた。

或家の人が、他の家の娘を見染めて、自分のところの息子の嫁にしたいと思います。息子も、好きになったのですが、家同士の話がすんでも、結婚費用や嫁入り仕度や他のことで、結婚がさせられないとき両親が承知で、嫁盗みということで相談が決まりますと、白昼公然と或日突然、娘が畑に野菜をとりに行っているところを、青年達が襲って、人力車や、荷車に乗せて、嫁入り先に担ぎ込む風習のことでした。

このように、相談ずくで行われて、それを引受ける場合もありましたが、そうでない場合もありました。

或時、杉山家の親類の夫人が、東京から福岡に来たついでに、祖父から、夢野久作の許に、何か届けるものがあって、香椎で汽車を降り、和白村との境にある杉山農園を訪れるとき、唐原を通りかかっていましたら、畑の手入れに来ていた一人の娘に、数人の青年が襲いかかり、手足を担いでゆきました。その娘は大声をあげて助けをもとめ、裾もあらわに暴れて抵抗しましたが、何分力の強い青年達ですから、荷車に乗せられて何処かに連れ去られました。

この様子を見た、その夫人は、びっくり仰天して、足袋ハダシになって、杉山家に駆け込み、夢野久作にその様子を訴えましたが、皆笑っているので、夫人が大憤慨しましたら、また、その様子がオカシイといって、大笑いになりました。

（杉山龍丸『わが父・夢野久作』）

そのころは、略奪されないような娘は困るという見方もあって、略奪結婚はそれほど珍らしいことではなかった。その手はずをととのえるのを趣味として、その委細を公然とはなす人を身近にもっていたことが泰道の想像力に影響をあたえないはずはなかった。この乳母は彼の物語の語り口の源流のひとつであろう。

父は東京に出て帰らず、泰道は祖父母とともにくらした。祖父（誠胤）は、泰道が二歳のころから漢文の素読をさずけた。四書五経をならったのだが、その読み方は、明治以後の学校教育の読み方とはちがっていた。

後年、龍丸が中学校でならったとおりに『大学』第一章の「在親民」を「民に親しむにあり」と読みあげていると、父が書斎からとびだしてきて彼をなぐった。

「馬鹿っー！　そんな読み方をする奴があるか！　それは民を親にするに在り、民をモトにするに在り、と読むのだ」

と怒鳴って、また書斎にもどったという。

この読み方が、祖父直伝であったかどうかはわからないが、ここに泰道がわが子にうけついでもらいたいと思っている天皇観の核心があったことはたしかだ。龍丸は、その思想の流れが、誠胤─茂丸─泰道、そして龍丸自身へとうけつがれている杉山の家学であると考えていた。

しかし、おなじ天皇観の線上にあっても、誠胤と茂丸の間には、対立があった。

泰道の幼いころの記憶には、祖父に煙管でうちすえられて血をながしている父茂丸の姿がある。

奥の八畳の座敷中央に火鉢と座布団があって、その上にお祖父様が坐っておられた。大変に憤った怖い顔をして、右手に、総鉄張り、梅の花の銀象眼の煙管を持っておられた。その前に父が両手を突いて、お祖父様のお説教を聞いているのを、私はお庭の植込みの中からソーっと覗いていた。

そのうち突然にお祖父様の右手が揚がったと思うと煙管が父のモジャモジャした頭の中央に打突かってケシ飛んだ。それが眼にも止まらない早さだったのでビックリして見ているうちに、父のモジャモジャ頭の中から真赤な滴りがポタリポタリと糸を引いて畳の上に落ちて流れ拡がり始めた。しかし父は両手を突いたままジッとして動かなかった。

お祖父様は、座布団の上から手を伸ばして、くの字型に曲った鉄張り銀象眼の煙管を取上げ、父の眼の前に投げ出された。

「真直ぐめて来い（モット折檻して遣るから真直にして来いという意味）」

と激しい声で大喝された。

父は恭しく一礼して煙管を拾って立上った。その血だらけの青い顔が悠々と座敷を出て行く処で、私の記憶は断絶している。多分泣き出したのであろう。

それが何事であったかは、むろんわからなかったし、後になって父に聞いてみる気も起らなかった。（夢野久作「父杉山茂丸を語る」）

祖父の父への叱責の理由が何であったかを、泰道は書いていない。泰道の子、龍丸は、この事のおこったのを、明治二十四年ころとし、次のように推定する。

多分、明治二十四年頃と思いますが、久し振りに福岡に帰って来た茂丸が、住吉、宮崎町の三郎平灌園（誠胤―引用者注）に会ったとき、三郎平灌園は、大変憤り、茂丸を、もった煙管で打ちすえて居ります。（杉山龍丸『わが父・夢野久作』）

これは、泰道から龍丸への伝承の中でなされた解釈である。祖父が尊皇ひとすじできた考えの道すじを、息子が、ふみちがえたとこの時祖父は判断したからうちすえたというのである。

息子の茂丸は、自分がそのために何をしてもよいと考えるのは、神、天皇、親の三者であるという考えを、父に話して、東京みやげのラッコの帽子を献上し、父によろこばれている。

「日本人たる者は、天子様と、神様と、親様のためと、この三つに限って、無限のゼイタクを許されている訳です」と、茂丸はその父にかたったそうである。（夢野久作「父杉山茂丸を語る」）
茂丸の子泰道（久作）は、息子龍丸に杉山の家の天皇観を語るのに、ちがう道すじをもってした。

私は或る時、夢野久作に、
「お父さん、曾祖父さん、曾々祖父さん達の活動は、尊皇攘夷だったの？」
と尋ねたことがありました。
彼は長い顔を振って、
「うんにゃ、それは、勤皇開国たい。
それもなー、こういいござった。
俺達は、勤皇開国。
天皇も勤皇、徳川も勤皇、東北雄藩も勤皇、そして、外国も根は勤皇たい。」
私は、キョトンとしてしまいました。
（杉山龍丸『わが父・夢野久作』）

杉山泰道の曾祖父（啓之進昌雄）が歌道で師事した二川相近の作った筑前今様に、次のような作があるという。

〽花よりあくる御吉野（みよしの）の
　春の曙（あけぼの）見渡（みわた）せば
　唐人（もろこしびと）も　高麗人（こまびと）も
　大和心（やまとごころ）になりぬべし　（ルビ―引用者）

この歌を今の人なら、日本主義の歌と考えるだろうが、夢野久作の解釈はちがう。久作によれば、

「花は何の花でもよい。
御吉野（みよしの）は、何処（どこ）の野でもよい。
よい野と考えるとどうなる？」

このように息子に問いかえした。

大和心という言葉を、みんながなごやかに融和協力するというように考えたらどうだろう。日本という国、日本の土地の固有のものに限定することなく、たまたまこの作者の二川相近が日本人であるから日本のもので、世界共通の人間の心にあるものを歌にしたと考えたらどうか。

この二川相近は、もともと武士階級ではなく、小者であった。が、国学・和歌・管絃に通じていたので、士分にとりたてられた。しかし藩士からねたまれて、難儀なことがあっ

たので、邸にこもって生涯を終えたということである。

　杉山家と親しくしているものにとって、こういう見解はめずらしくはなかった。はじめにひいた末永節は、中国革命のためにつくした人であるが、「君が代」について、この歌の「君」を天皇に限定するのはまちがいで、世界の人びとが、おたがいに、相手に対して永久に健康と栄えを祈る言葉であるとした。

　龍丸は、中学校二年生のころ、父につれられて太宰府天満宮の近くの観世音寺をおとずれた。そこには、大黒様の木像がある。その大黒天は、まずしい百姓の姿で、大地をうつむきかげんに見て、悲しそうにしている。父は彼を、その木像の前につれてゆき、

「龍丸、よく見ろ、これが大黒様の本当の姿だ。しかし、これは、単に大黒天のみでない。これは、日本の昔の天皇の本当の姿だ。日本の天皇は、本来百姓農夫だったのだ。これを良く覚えて置け」

といつになくきびしい態度で言った。中学校はもちろんのこと、杉山家の外では天皇を軍装をした大元帥として見ていた時のことだから、中学生の龍丸はたいへんにおどろいたという。


　国学というと、徳川に対して、天皇を尊敬するように教えるのが普通のように思いますが、夢野久作の論によると、『古事記』の中に在ります、天御中主命（あめのみなかぬしのみこと）は、猿の群の

中の、ボス猿であったというのでした。

　或るとき、私に右翼系の人が、

「杉山さん、貴方のお祖父さんは、頭山翁と、義兄弟の血盟をされた人でしたから、さぞかし、天皇を尊敬されていたでしょうね。」

と、いう質問をされましたので、私は、

「さあー、どうでしたでしょうかね。私の父は、『天御中主命は、猿の中のボス猿のようなものだ。』と、申していましたからねー。」

と、申しましたら、その人は眼をむいて、

「へーえ、天御中主命が、猿の中のボス猿。へー、そうすると、天御中主命の子孫の天皇は、猿ということですか？　へー、杉山さんがねー。」

と、嘆息していました。

　夢野久作は、『古事記』を、ダーウィンの進化論や、考古学や、民族人類学的な見方で、読み、考えていたのではないでしょうか？

（杉山龍丸『わが父・夢野久作』）

　杉山の家では、元旦は一日中、家の中にあって外出せず、二日には氏神と三社詣、三日に菩提寺と縁者の寺まいり、四日から年始で、親類縁者をたずねた。元旦には、朝、身をきよめて、座敷にかざったお鏡餅を礼拝し、四方拝をおこなって、それから神仏と祖先の霊をおがみ、そのあとでまず焼味噌と梅干と番茶、その後に屠蘇、それから雑煮ということになった。このように神仏を重んじるとともに、天皇絶対主義とは無縁に、杉山泰道の家族は昭和の国粋主義の時代をくらした。

さて、戦前に、美濃部達吉博士の天皇機関説というものがあり、大変な騒ぎがありました。

夢野久作は勿論、父の茂丸も、学問として、天皇制を、機構政治学的に申せば、それは天皇機関説が正しいと申していました。（同前）

杉山泰道（夢野久作）はこのような考えをもっていた。そのことはこの時期の彼の著作から見て、うなずける。それは、彼が父と祖父からうけたものを彼なりにうけとめて、自分のものとした考えだった。

泰道は、祖父のもとにおかれて、二歳の時から素読をさずけられた。おぼえがよいので、ほめられ、ほうびに、煙管でタバコを喫うことをおそわった。小学校、中学校でも、彼だけは公認でタバコを喫いつづけ、生涯、ニコチン中毒であった。タバコの他に、中学校二年のころからテニスをやり、また、いつのころからかハモニカをふけるようになり、たいへん上手だったという。それよりも大切なのは、おさないころから能楽にしたしんだことである。泰道は、祖父につれられて、黒田藩喜多流師範梅津只圓(うめづしえん)に入門した。大名尋常小学校四年生に進級した時で、満九歳であった。

祖父は旧藩時代から翁のお相手のワキ役を仰付(おおせつけ)られ、春藤流（今は絶えた）脇方の伝書聞書を持つてゐた。

そのせゐか祖父灌圓は非常と云ふよりも、むしろ狂に近い只圓翁の崇拝者であつた。筆者の父や叔父、親類連中は勿論のこと、同郷出身の相当の名士や豪傑が来ても頭ごなしに遣り付ける。漢学者一流の頑固な見識屋であつたにも拘らず、翁の前に出ると、筆者が五遍ぐらゐお辞儀をする間、額を畳にスリ付けてクド〳〵と何か挨拶をしてゐた。まるで何か御祈禱をしてゐる様であつた。

翁から何か云はれると、犬ならば尻尾を振切るくらゐ嬉しさうに

「ハイ。ハイ〳〵〳〵」

と云つてウロタへまはつた。

その祖父灌園は方々の田舎で漢学を教へてまはつた上句(あげく)、やつと福岡で落ち付いて、筆者が大名小学校の四年生に入学すると直ぐに翁の許(もと)に追ひ遣(や)つた。

「武士の子たる者が乱舞(らんぶ)を習はぬと云ふのは一生の恥ぢや」

と云つた論法で、面喰つてゐる筆者の手を引いて中庄の翁の処を訪れて、翁の膝下に引据えて、サッサと入門させてしまつた。その怖い〳〵祖父が、翁の前に出ると、さながら廿日鼠の様に一と縮みになるのを見て筆者も文句なしに一縮みになつた。封建時代の師弟の差は主従の差よりも甚だしくは無かつたかと今でも思はせられて居る位であつた。

まだ十歳未満の筆者が、座つたまゝ翁と応待してゐると、祖父が背後からイキナリ筆者の頸筋を掴まへて鼻の頭と額をギユウと畳にコスリ付けた事があつた。礼儀が足りないと云ふ意味であつたらしい。

（杉山萠圓『梅津只圓翁伝』、初出は『福岡日日新聞』一九三四年四月十四日―五月三十一日、単行本は春秋社、一九三五年。現在読める形としては『夢野久作著作集』第四巻、葦書房、一九七九年所収―ルビは引用者）

只圓翁との関係の中にたくまずして、祖父の人がらがあらわれている。

筆者の祖父は馬鹿正直者で、見栄坊で、負けん気で、誰にも頭を下げなかつたが、しかし只圓翁にだけはそれこそ生命がけで心服してゐた。

神事能や翁の門下の月並能の番組が決定すると、祖父の灌園は総髪に臘虎帽、黄八丈に藤巴の拝領羽織、鉄色献上の帯、インデン銀煙管の煙草入、白足袋に表付下駄、銀柄の舶来洋傘（筆者の父茂丸が香港から買って来たもので当時として稀有のハイカラの贅沢品）といふ扮装で、喰ふ米も無い（当時一升十銭時代）貧窮のたゞ中に大枚二円五十銭の小遣（催能の都度に祖父が費消する定額）を泄って弟子の駈り出しに出かけたので、祖母や母は可なり泣かされたものだと云ふ。

祖父はかうして翁門下の家々をまはって番組を触れまはる。舞台の世話、装束のまはりまで「其分心得候へ」を繰返して奔走しては、出会ふ人毎に自分が行かないと能が出来ない様な事を云って居たらしい。一三十銭の会費を出し渋ったり、役不足を云ったり、稽古を厭がったりする者があると、帰って来てからプン〳〵憤って、「老先生に済まん〳〵」と涙を流してゐたといふ。　（同前）

このようにあがめられた梅津只圓とは、どういう人だったのか。

梅津源蔵利春（一八一七―一九一〇）は、文化十四年四月十七日、黒田藩士の長男としてうまれ、後に隠居して只圓と号した。梅津家は黒田藩おかかえの能楽師の家柄として喜多流を相伝。二十八歳の時と、三十二歳の時と両度上京して、喜多十三世能静に就いて能楽を修業した。

明治二（一八六九）年、五十二歳の時、黒田長知公について東京にのぼり、非番の日にはかならず喜多能静を訪うて稽古をうけた。明治十一（一八七八）年春、黒田公とともに福岡にもどり、明治十三年三月ふたたび上京、四月に福岡にもどり、以後、なくなるまでの三十年が只圓翁の円熟期とつたえられる。

明治のはじめは、廃藩置県により、藩のおかかえ能楽師の扶持をはなれて窮した時期であり、喜多流は、東京の家元さえも訪ねる人すくなく、福岡においても、梅津只圓は窮乏に直面した。この時代に、只圓は、素人玄人の区別なく、弟子をたたきころしかねまじき勢いできたえた。「よしや日本中の能楽が滅亡するとも、自分の信ずる能楽の格だけは断じて崩すまい」というのが、只圓の覚悟だった。

こんな話がつたわっている。

翁は初心者が復習する事を禁じた。新しい小謡を習った青少年達が帰りがけに翁の表門を出ると直ぐに、大きな声で嬉しさうに連吟して行くのを聞き付けた翁は、その次の稽古日に必ず訓戒した。

「お前達はあの様な自分勝手な謡を自分勝手に謡ふことはならぬ。必ず私の前に来て謡ひなさい。さうせねば謡が崩れて悪い癖が付く。一度悪い癖が付くとなか〳〵直らぬものだ」

弟子達は皆恥ぢて小さくなつた。しかし、それでも謡ひ度いので、門を出ると翁に聞えぬ位の小声で謡つて、だん〳〵遠くなると大声で怒鳴りながら家へ帰ると、いよ〳〵大得意になつて習ひ立ての小謡を謡つた。家人も梅津先生から習ひ立ての謡と云ふと謹んで聞いたものだと云ふ。

ところがその次の翁の稽古日に翁の前で復習させられると、直ぐに我儘謡を謡つた事を看破されて驚き且つ赤面した。

「そげな節をば誰から習ふたか。又、自分で勝手に復習しつらう」と云ふのであつた。そのたんびに、子供心に「何処が違ふのだらう。習つた通りに稽古した積りだが」……と不思議に思ひ〳〵したと云ふ。（佐藤文次郎氏談）（同前）

梅津只圓は、かぞえ九十四歳でなくなった。晩年の三年間は、ふせっていたが、病気というのではなく、健康は申し分なく、やがて眠るように世をはなれた。

主治医だった権藤寿三郎は、泰道に次のように語った。

その亡くなられた当日の朝の事であつた。門下生の中でも一番の故老らしい品のいい二人の老人が、無論お名前なぞ忘れてしまつたが、わざ〳〵私に面会に来られて翁の容態を色々尋ねられた後、実は老先生が亡くなられる前に聞いて置きたい謡曲の秘事が唯一つ在る。それをお尋ねせずに老先生に亡くなられては甚だ残念であるが、その事を老先生にお尋ねする事を主治医の貴下にお許しを受けに伺つた次第ですが……と云ふナカナカ叮重なお話であつた。

これには私も当惑した。むろん梅津先生は御重態どころでは無い。その前日の急変以来眼も、耳も、意識も全く混濁して居るとしか思へないので、単に呼吸して居られる。脈が微(かすか)に手に触れるといふだけの御容態である。御家族の方や私が御気分をお尋ねしても御返事をなさらない事が数日に及んでゐる折柄で、面会などは主治医として当然、お断り申上げなければならない場合であつたが、しかし又一方から考へてみると、その時は、その面会謝絶すらも無用と思はる、絶望状態で、何を申上げてもお耳に入る筈は無い。御臨終の妨げになる心配は無いと考へたから、折角の御希望をお止めするのは却つて心無い業(わざ)ではあるまいかと気が付いて……それならば折角のお話ですから私が立会ひの上でお尋ね下さい……と御返辞した。

二人の老人は非常に喜ばれた。即刻、私と同伴して、程近い中庄の老先生の枕頭に来られて、出来るだけ大きな声で、私にはチンプンカンプンわからない謡曲の秘伝らしい事を繰返し〳〵質問されたが、私の推察通り意識不明の御容態の事とて、老先生が御返事をなさる筈が無い。短い息の下にスウ〳〵と眠つて居られるばかりである。

二人の老人は暗然として顔を見合はせた。仕方なしに今度は御臨終に近い老先生の枕元で本を開いて、二人の御老人が同吟に謡ひ出した。

それが何の曲であつたかもとより私の記憶に残つて居やう筈も無いが、たしか開かれた一枚の真中あたりまで謡つて来られたと思ふうちに老先生の呼吸が少し静かになつて来た。さうして間もなく私が執つて居た触れるか触れないか程度の脈搏が見る〳〵ハツキリとなり、突然に喘鳴(ぜんめい)が聞こえ初めたと思ふと、老先生は如何にも立腹されたらしく、仰臥して眼を閉ぢたまゝ、眉根を寄せて不快さうに垢だらけの頭を左右に動かされた。

二人の老人は真青になつて汗を拭き〳〵顔を見交はした。さうして二人で二三度同じ処を謡直されたと思つたが、間もなく左右に振り続けて居られた老先生の頭が安定し、喘鳴がピツタリと止んで「その通り〳〵」と云ふ風に老先生の頭が枕の上で二三度縦に緩(ゆる)やかに動いたと思ふと、又旧(もと)の通りの短い呼吸の裡(うち)にスヤ〳〵と眠つて行かれた。家内の御方が慌(あわ)て、何か云ふて居られたがモウ何の御返事も無かつた。

二人の老人はそのお枕元の畳に両手を突いて暫く涙に暮れて居たが私が「モウ宜しいですか」と念を押すと、「お蔭で」と非常に感謝されたので其儘御内の方に御注意を申上げて退出した。

老先生は其儘その夜の中に御他界になつたが、その時の医師としての私の驚きは非常のものがあつた。

（同前）

「能楽は平時の武士道の精華である」という梅津只圓の信念は、この逸話に生きている。いったん入門を許したものに対する稽古はむしろ残酷なもので、泰道は、次のように思い出を記す。

一番情なかつたのは「小鍛治」の稽古であつた。

筆者が十二歳になつた春と思ふ。光雲神社の神事能の初番に出ると云ふので、祖父母、筆者と共に翁も非常な意気込であつたらしいが、それだけに稽古も烈しかつた。当日まで一箇月ばかりは毎日のやうに中庄の翁の舞台へ逐ひ遣られたものであつた。途中で溝の中の蛙をイヂメたり白蓮華を探したりして、道草を喰ひ〱、それこそ屠所の羊の思ひで翁の門を潜ると、待ち構へてゐる翁は虎が兎を掠めるやうに筆者を舞台へ連れて行く。「壁に耳。岩のもの云ふ」と子供心にも面白くない初同が済んで、「そォれ漢王三尺のげゐの劔」といふ序になると、翁はそれから先の上羽前の下曲の文句の半枚余りを「ムニャ〱〱」と一気に飛ばして、「思ひ続けて行く程に――イヨー。ホオ」とハッキリ仕手の謡を誘ひ出すのが通例であつた。

ところが生憎な事に舞台の背後が、一面の竹藪になつてゐる。春先ではあるがダンダラ縞のモノスゴイ藪蚊がツーン〱と幾匹も飛んで来て、筆者の鼻の先を遊弋する。動きの取れない筆者の手の甲や向ふ脛に武者振付いて遠慮なく血を吸ふ。痒くてたまらないのでソーッと手を遣(や)つて掻(か)かうとすると、直ぐに翁の眼がギラリと光る。

「ソラ〳〵ッ」

と張扇(はりおうぎ)が鳴り響いて謡は又も、

「そォれ漢王三尺の……」

と逆戻(ぎゃくもど)りする。今度は念入りに退屈な下曲の文句が一々伸び〳〵と繰返される。藪蚊がます〳〵ワンワンと殖えて顔から首すぢ、手の甲、向ふ脛、一面にブラ下る。痒いの何のつて丸で地獄だ。たまらなくなつて又掻かうとすると筆者の手が動くか動かないかに又、

「ソラ〳〵ッ」

と来る。「そォれ漢王三尺の」と文句が逆戻りする。筆者の頬に泪が伝ひ落ちはじめる。

何故此時に限つて翁がコンナに残忍な拷問を筆者に試みたか筆者には今以てわからないが、何にしてもあんまり非道すぎた様に思ふ。当日の光栄ある舞台の上で、つまらない粗忽(そこつ)をしない様に、シテの品位と気位を崩させない様に特に翁が細心の注意を払つたものではないかとも思へる。或はその頃筆者の背丈が急に伸びた為に、急に大人並に扱ひ初めたのだといふ祖母の解釈も相当の理由がある様に思へるが、それにしてもまだ甘え切つてゐた筆者に取つては正直の処何等の有難味もない地獄教育であつた。たゞ情なくて悲しくて涙がポロ〳〵と流れるばかりであつた。

◇

とにかくそんなに酷い目にあはされて居ながら、翁を恨む気には毛頭なれなかつたから不思議であつた。たゞ縛られてゐるのと同様の不自由な身体に附け込んで、ワン〳〵寄つて来る藪蚊の群が金輪際怨めしかつた。

だから或時筆者は稽古が済んでから藪の中へ走り込んで、思ふ存分タ、キ散らしてゐたら翁が見てホ、、と笑つた。

「蚊といふ奴は憎い奴ぢやのう。人間の血を吸ひよるけに……」　（同前）

かぞえ九歳から十七歳まで、十年たらずの間、杉山泰道は、梅津只圓の稽古にかよった。その間に、シテ、ツレ、ワキ役とおぼえて、数多くの舞台を踏ましてもらったが、その期間を通じて、彼は、最初から終りまで、能というものに興味をもっていなかった。自分をやしなっている祖父母に、

「お能の稽古をせねば、おいだす」

と言われるのがこわさに、かよいつづけたのだった。しかし四十五歳になって、旧師の伝記を記した時には、別の感慨をもっていた。杉山萠圓著『梅津只圓翁伝』は、彼の数ある作品の中で、高い位置を占める。

Ⅶ　放浪と帰宅

ただひとり祖父母のもとでそだてられていた杉山泰道は、東京で別の女性とともにくらす父に対して、怒りをつのらせた。父の死後になって、古くからの友人奈良原牛之助（玄洋社社員奈良原到（いたる）の長男、杉山農園から米国にわたった）にあてた返書に、次のように書いた。

御弔詞感謝します。父の死後淋しいと云ふよりも張合ひが抜けてしまひました。貴兄は何もかも御存知ですし公平に僕を見て下さる方ですから正直の処を云へますが、僕は十九の年に家庭内の事で父と大喧嘩をして後悔して以来父の今日ある事を予想し父の生涯の後始末をする事を半生の大任と考へ、父の生活の裡面を三十年間九州の一角から睨み詰めて居りました。（以下略）

（杉山龍丸編『夢野久作の日記』）

杉山泰道の亡くなる六ケ月前、一九三五（昭和十）年九月二十九日付の手紙だから、彼の最晩年の判断にもとづくものである。その生涯の終りにふりかえってみて、満十八歳の時の父との生命がけの大喧嘩は重大な事件だった。

彼が長男龍丸に語りつたえたところによると、

多分明治四十年、夢野久作十九歳の時、修猷館に五年生で在学中でした。

彼の話によると夏服を着ていたと申しますから夏休みのときであったと思います。

家族のものに黙って上京しました。

この時の様子を、彼が述べた（書いた—引用者注）ものと、私に話したことを合せますと、次の様なことになります。

彼は、家族を放置して、東京に居て勝手なことをしている父に、大きな怒りを覚えました。

ついに意を決して、僅かの小遣いで、東京にゆく切符を求め、汽車で上京しました。

当時の汽車は、三日か、四日かかったと申します。

切符を求めたので、無一文の彼は、約三日間、一物も食わずに、汽車にゆられ、駅に止ると、水を飲んで過しました。

また、その時の汽車の機関車は、石炭を焚いて走っていましたので、濛々たる煤煙、石炭の燃えカスが客車内に入って来ました。

そのために、夏の暑さの汗でベトベトとなった顔は、真黒になり、痩せていた彼は、只父への怒りで、目玉だけは血走って、ギョロ、ギョロした顔付になっていました。修猷館の制服は、真白な服でしたが、それも、にじみ出た汗に、煤煙がついて、真黒くなっていたということです。正に幽鬼に似た姿で、彼はやっとのことで、鎌倉の長谷にある、父の邸にたどりつきました。

家のものから、福岡の坊ちゃんがと聞いて、玄関に出て来た茂丸は、夢野久作の姿を見て、ギョッとしたようですが、彼を座敷に通して、「何で上京して来た」と、たずねました。

夢野久作が私に話したことでは、彼はこのときくらい、父のことを、この野郎と思ったことはなかったということです。

「俺が、こんな辛い思いをしたのも、こやつのためだ」と、思ったと申していました。

それで、坐るやいきなり、猛烈な勢いで、父の茂丸に食ってかかりました。

彼も、色々言ったように思うが、要は、年老いた祖母と、継母や、弟妹（継母幾茂の生んだ子たち―引用者注）を、どうして、放置しているのかということで、他のことは、記憶にないと申していました。

（杉山龍丸『わが父・夢野久作』）

一九〇二年に祖父が亡くなって、それ以来、継祖母、継母と異母弟妹との同居ぐらしだった。そこから、東京での父親のくらしかたは、別世界のように見えたであろう。家庭内に階級差があることは不快のたねであり、まして父親が実母や継母とまた別の女性ともうひとつの家庭をいとなんでいることは、少年らしい彼の正義感からの指弾の対象となったであろう。明治末の家父長はおそろしい権威をそなえており、まして彼の父は当時の世間で偉いとされている人だったから十八歳の年頃の少年が父にむかってゆく心は伊藤首相とさしちがえて死ぬ気のかつての杉山茂丸にひとしかった。

彼の猛烈な父を非難する言葉を終りまで聞いていた茂丸は、言葉が終るとニンガリと苦笑をして、

「ウン、俺が悪かった。

しかし、貴様の神経過敏は、まだ治癒(なお)っていないようだな。

よし、皆、此処へよんでやろう。

そして、貴様も、ここに来い。

俺が直接、教育してやろう。」

と、いう言葉を聞いているうちに、彼の眼から涙が出て、父の言っていること、父の顔もわからなくなるような気がしたと申していました。

しかし、このとき茂丸は、彼に、家族を東京に呼ぶと共に二つの約束をさせました。
一つは、中学校を卒業すること、
二つは、中学校を卒業したら軍隊に入ること、
以上のことでした。（同前）

一九〇八（明治四十一）年三月二十一日、修猷館中学を卒業するとすぐ、杉山泰道は福岡市役所兵役課に行って、軍隊に入る志願をした。聯隊区を東京市に移してもらい、麻布区で徴兵検査をうけた。

身長　五尺五寸六分（一メートル六八センチ）
体重　十三貫弱（四八キログラム）
判決　乙種　兵役不合格

しかし彼は熱心に兵役を希望して徴兵官を説きふせ、明治四十一年十二月一日、近衛歩兵第一聯隊に一年志願兵として入隊した。丈夫でない彼にとって軍隊の訓練は苦しかったが、一年志願兵終末試験には二番で合格し、明治四十二年十二月一日予備見習士官となって除隊。明治四十五年二月二十六日には陸軍歩兵少尉に任官している。

た。軍隊の訓練が終って除隊すると、彼は鎌倉に住んで、東京の中央大学予備校に入学した。軍隊での試験の成績はよかったが、福岡の中学生のころにはテニスにこって成績がよくなかったため、まっすぐに大学に入ることは望めない。東京の予備校では、幾何、三角法、代数、物理学、生物学、英語をまなびなおさなくてはならなかった。明治四十三（一九一〇）年一月一日から明治四十四年十二月二十一日まで、英文の日誌がのこっている。

受験勉強のかたわら、彼は小説を書きはじめ、明治四十三年二月四日に構想をたてて、義母のかくしておいたカステラをぬすんで父の留守にその書斎にこもって小説を書きつぐ。二月七日、八日、九日、さらに十一日と、彼は執筆をつづけている。やがては小説家になりたいと思ったが、父と相談すると、前に十七歳の中学生のころ同じ希望をのべた時とかわらず、日本は小説家を必要としていないと言われ、別の計画をたてざるを得ない。父の反対にめげず、あくる年の明治四十四年一月三十日になると、小説「巡礼ケ池」の清書にかかり三月二十日に完成しており、文学者志望をあきらめてはいない。父茂丸との間はおおむね良好で、二人だけで話す機会も多く、父の素人義太夫の会にも何度もききにいっている。父は、息子の文学者志望にその中学生のころからつねに反対をとなえ、明治四十四年四月二日（日曜）に、彼が慶応大学文学部に入学したいと語ると、軽蔑の微笑（a smile of disdain）をうかべて、「それも、よかろう」と言って許した。しかし、父の反対は、泰道の中に、彼の文学をながめるもうひとつの眼をのこしたことはたしかで、彼が職業文人になろうとせず、ひとりの人間としてくらしつつ作品をのこす道をえらぶはげましをあたえた。

そのころの英文日誌、和文日誌を読んで興味をひかれるのは、彼が「ファウスト」などの文学書を買いもとめて読むと同時に、それ以上の時間をさいて幾何学その他の受験勉強をしていることであり、さらにきわめて多くの時間をさいて、除隊後の少尉任官のための訓練に出て真剣に勉強していることである。中学校時代にテニスの選手であった彼は、今は自宅で剣道の稽古をつけてもらっており、一個の士官として近衛兵の指揮をとるほどの体力をきずいていたことが、うかがわれる。

明治四十四年四月十一日（火曜日）、彼は慶応大学文学部に入学し、史学科の生徒となった。四月二十一日（金曜日）、彼は、文学部には同期の新入生が十人しかおらず、史学科の学生は彼ひとりであることを発見する。

彼は真面目に学校にゆき、家にもどってからは漢文の個人教授をうけている。また法華経を研究し、碧巌録を読む。数年たって彼が出家する動機はすでにこのころからあらわれている。

もうひとつの特長は、当時彼が鎌倉の父の家に住んで、近くの後藤象二郎伯の息子（隆之助）たちと遊びなどしながら、華美な気風にそまらず堅実な日常生活を守りとおしたことである。そこには近衛見習士官として彼が身につけた姿勢があずかって力あった。彼は酒をのまず、父とちがって女性に近づかず、バナナを食いすぎて父にしかられたり、ボタモチを食いすぎて自己嫌悪を感じたりしている。

大正二（一九一三）年、満二十四歳の時に慶応大学を退学し、そのあくる年から放浪生活に入る。

毎日かかさず書きつづけていた日誌は、このころからのこっていない。あったのかもしれないが、彼の義妹たみ子のとつぎ先、石井俊次宅で、東京戦災の時に焼失した。

日誌がなく、またその時代の彼とつきあいのあった人たちのききがきもないので、一九一三（大正二）年から一九一八（大正七）年まで足かけ五年間の杉山泰道の足跡ははっきりしない。

この時代は杉山泰道にとって、自分を求めて見出すことのできない、もがきの時代だった。直接に彼を、放浪と出家に追いやったのは、杉山家に対する絶望であり、その家の中で足がためを得ようとする自分の姿勢に対する嫌悪だっただろう。この家の中での自分の立場をすてることが、二十四歳から二十九歳までの彼の理想だった。

彼は継母幾茂に感謝の心を生涯にわたって保ちつづけた。彼の夫人の回想によると、

それから母が生みの母ではなかったものですから、自分のことはかまわなくても母のことをやれっていうふうに、嫁にいった初めからしつけられました。

（杉山クラ、杉山龍丸、谷川健一「夢野久作への私的アプローチ」『夢野久作全集』第7巻、三一書房、一九七〇年）

それで東京におります時に、主人がよそから帰って来ましても、母が行って来いと言うまで、私は玄関に出迎えに出ることはなかったです。そのくらい母のことを思っておりました。自分は育てていただいたからという気持があったんですね。（同前）

杉山泰道の心中には、自分のおさないころ、福岡での貧しい生活を支えた若いころの継母の姿がいつまでも残っていた。

祖父は派手ずきでカンシャク持ちで気位たかく、その後妻の友子（トモ）も嫁にやさしくはなかった。若い嫁として幾茂の苦労は並大抵ではなかった。そのころのくらしは泰道の記憶によると、

ついに、杉山家も貧困のドン底に落ち込んで、老いた、三郎平灌園自身が働かねばならぬようになり、茂丸の次弟は、日田の木材問屋の番頭に、三弟の駒夫は林家に養子になり、そして、薫は安田家に嫁にゆき、三郎平灌園は、友（妻―引用者注）と、夢野久作を連れて、昔の知行所に近い二日市の町に、双村の旧敬止塾のお弟子達のお世話であっ

たと思いますが、漢学の塾を開いて生活することになりました。

継母の幾茂等は、福岡城に近い柳原に住んだということですから、彼女の実家の家作か、縁者の家に厄介になったことと思います。

彼女は、そこで、自ら生活しながら、そして、二日市まで、夫の両親の面倒を見に、歩いて通ったのですから、大変な努力であったと思います。

二日市まで、福岡から五里（約二〇キロ）の距離ですから、女の足で、歩き、そして働き、そして、また家に帰るのは、大変な労苦でした。

夢野久作は、私によく申していました。

彼の継母、幾茂は、この柳原時代、二日市に訪れるとき、真冬の寒いのに、夏の一重の着物で、しかもボロボロになっていたのに、彼（久作―引用者注）には、ちゃんと、冬の着物を縫って届けていたということでした。

そのように努力しているのに、三郎平灌園はともかくも、祖母の友が、彼女を、まるで女中以下に取扱っても、彼女は、涙一つこぼさず、黙って、友の指示に従って、家の中のことをして働き、帰って行ったと申します。

（杉山龍丸『わが父・夢野久作』）


中学校五年生の彼は義憤を感じて東京への飲まず食わずの決死の旅行を試み、父と対決して、継母たちを東京にむかえさせたのだったが、いったん東京の環境におかれたあとの継母の人柄のかわりように彼は気がめいるばかりだった。

継母の生んだ子に五郎がおり、この人を杉山家のあととりにすることを彼女は考えた。五郎の人柄から見て、それは納得のゆく判断と見る人もいた。泰道自身も五郎を高く評価していた。五郎の病死以後も、幾茂は何人かの人をあととりに見たてて杉山姓を名のらせ、その動きに同調する人たちも出てきて、泰道の廃嫡が画策されているように彼には感じられた。それに対抗する処置を泰道はとりたくはなかった。結果としては、彼がすでに近衛将校となっていたことが彼を守ったのだったが。以下は龍丸の回想。

彼の一つの話を記憶しています。

或るとき、人間らしい社会を求めて、江戸川の或る町工場に住み込み、労働者の群に入りました。

そして、毎日の昼、隅田川の土手で、昼食の弁当を食べました。

そしたら、隅田川の向う岸の土手に、毎日昼に来て、土手の斜面に坐って、煙草を喫う人がいました。

数日たって、どちらからともなく、遠くで顔は見えませんでしたが、彼がこちら側の土手に弁当をもって坐ると、先方がこちらに向って、手をあげて挨拶をするので、こちらも手をあげて、お返しをするようになりました。

或る春の日、タンポポや、蓮華草の咲く土手に坐ると、相手の人も来て挨拶をして坐り、やおら、煙草を出して喫いだしまして、彼の手許から紫煙が、春の空気に乗って流れるのが見えました。

夢野久作は、新聞紙に包んだ弁当を開いて、握り飯をつまみ、口に持ってゆこうとして、先方を見ますと、彼に挨拶して煙草を喫っている人の背後から、緑黒色の、作業服を着た人が近づいてゆくのが見えました。

そおっと彼の背後に行ったと思うと、かくしていた背から、ハンマーが出て来て、両手で高くかざして、いきなり煙草を喫っている人の頭を打ちつけました。

ハンマーに打たれた人の頭は、メリ込んだハンマーで半ばへこんだようになったまま、ぐらりと横に、その人は倒れました。

ハンマーの人は、もう一度、ハンマーを頭上に振りかざし、ハンマーは、太陽にキラキラと反映しましたが、倒れた人が動かないのを見て、すぐ、ハンマーを下し、そして、足で、倒れた人を蹴りましたが、多分、一撃で絶命していたのでしょう。

倒れた人は、隅田川の斜面を、ころころと転がり落ちて、バシャンと、隅田川の流れに落ちて、桜の花片の浮いている川面を下の方に流れてゆきました。

ハンマーの人は、流れてゆく死体の様子を見ていましたが、一撃で殺したことを確信したのでしょう。ハンマーを肩にして、向うの土手の下の方に、あっと思う間に姿を消してしまいました。

夢野久作は、お握りを口にもって行ったまま、「あー、あー、あー、」と、心に叫ぶだけで、声にならず、呆然と見ていただけでした。

それから、彼は熱に浮されたように、毎日の新聞を、すみからすみまで読んで見ましたが、隅田川に、不審な死体が上ったという記事は、一行も見出すことが出来なくて終りました。

ついに、此の事件は、何の原因で、何処の誰が、誰に如何なる理由で、このように殺されたか判らないままに終りました。

それで、彼は、自分が求めていた人間らしい社会は、何処にもないということと、また、名もなく、地位もなく、理由もなく、殺され、殺している世間、世界というものがあることと、人間の社会の恐ろしさを知ったと申していました。（同前）

この小さい体験談には、大作『ドグラ・マグラ』がつまっている。放浪の中で心の中にやきついた体験は、彼が長篇を構想するたびに、心の底から湧いてくるイメージの宝庫だった。杉山龍丸は、短篇「鉄鎚（かなづち）」（叔父と姪に苦しめられる話、『新青年』一九二九年七月号）と短篇「白菊」（脱獄囚が外人宅に忍びこんで眠っている少女を殺さずに終る話、『新青年』一九三三年十一月号）に、杉山泰道が隅田川で見た光景の再現を見ている。私には、『犬神博士』、『氷の涯』、『ドグラ・マグラ』それぞれの放浪物語の中に、この隅田川目撃談は形をかえてあらわれているように見える。

この目撃談は、事実の報告であるだけでなく、当時の日本社会で堅固な位置をつくっていた杉山茂丸の家にすがりついてくらしてゆく他に自分の生きる道を求めたいという切実な願いに裏打ちされており、その語り口には無常観がひそんでいて、そのすぐあとに来る彼の剃髪出家を予想させる。

世界大戦の最中、一九一五（大正四）年六月二十一日、杉山泰道は、本郷の喜福寺で頭をそり、禅僧となった。それまでの名は直樹だったが、その名を泰道（たいどう）とあらため、法号を萠圓とした。萠圓泰道である。

杉山龍丸編の年譜（『夢野久作の日記』）には、「継母、父茂丸側近に廃嫡の動きがあったので、自ら出家したもの」とある。

廃嫡するならば、そのようにしてくださいという、無抵抗の態度である。

こうして萠圓泰道は、家から自由になり、喜福寺で二、三ヶ月修業してから、あくる年の一九一六年には禅僧雲水として京都から大和路をへて、吉野山、大台ヶ原山中を歩いた。

雲水となってからは経文をもち歩いてそれを読むというわけにはゆかない。彼のそらでとなえることのできる経文は、みじかい般若心経ひとつだった。彼は村の入口でこの経文をとなえ、それから真一文字に部落の中をオー、オーと声を出してとおり、喜捨する人があれば頭陀袋にうけ、村の出口にまで来るとまた村のほうをむいておなじ経文をとなえて、立ち去るのを常とした。

奈良から大和路に入った部落で、オー、オーと叫びつつ歩いてゆくと、ある家から若い女性が走り出て、

「私の母はもう八十を越していますが、ながらく雲水の方がおいでになりませんでしたので、その母が『もし雲水の方がおいでになったら、ぜひ、お経文を読んでもらいたい』とつねづね待っています。ぜひ、私の家によって、母にお経文を読んでください。」

その女性について家の前にたつと、やがて、腰のまがった老女が彼女に助けられて出て来て、彼を見ると、涙を流してよろこんだ。彼の前までくると、杖をほうりだして土の上にすわり、ふかぶかとおじぎをして両手をあわせて彼をおがんだ。

この時のことを彼は後に息子に語った。

「俺も、お前の祖父さんのおかげで、ずいぶんえらい人も、すごいやつらにも会うて来たが、このばあさんにこのおがまれたときほど、こわい思いをしたことがなかった。このように無心に一生懸命におがまれたことははじめてで、また後にも先にもなかった。足のつまさきから頭のてっぺんまで、ふるえが出て、とまらないほど、恐かった。」

この旅のことで、もうひとつ。

「龍丸、雲水のあの笠だがな。

あれを、すっぽりかぶって歩くと、あの中はたいへん暑いものだぞ。

中に、熱気がこもって、かぶっていられるものではない。

この大和路で、おれは、あまり暑いので、あの禅笠をぬいでみた。

そしたら西陽が、ツルツルにそった頭にあたって、その暑いこと、暑いこと。

俺も、初めて、神様か仏様か知らぬが、人間の頭に髪をはやしてくださったありがたみがはじめてわかった」。

彼が死ぬ前年であったと思いますが、何時の間にか、禅笠を二つ用意していまして、
私に、一つ渡しながら、

「龍丸、俺と貴様とは、三十歳ちがう。俺が六十のときは、貴様は、三十だ。そのときは、杉山家も、大丈夫になっているだろう。

だから、俺が六十、貴様が三十になったら、その記念に、二人で、この笠を冠って、大和路を歩こう。そう約束して置こう。」

と、申しました。

しかし、彼は、行年四十八歳、満で四十七歳で、祖父の後始末がついたとき、死去し

ましたので、彼の禅笠は、彼の棺に入れて、彼の遺骸と共に、火葬しました。
今、私のところに、彼が呉れた禅笠は、ホコリを冠って、彼の書斎に残してあります。
（杉山龍丸『わが父・夢野久作』）

放浪の体験がいかに彼にとってなつかしいものであったか、いかに自己形成の岩床となっていたか、どれほどそれを彼は息子につたえたいと思っていたかがわかる。

一九一七（大正六）年、継母の願いによって杉山家をつぐことになり、泰道という僧名をのこしたまま、還俗し、福岡の香椎に父のつくった杉山農園の経営にあたる。

この農園は杉山茂丸がそのアジア政策の策源地として構想したもので、東京でその主宰する台華社につながりのある人びとに経営をまかせようとした。杉山泰道はここに住みつづけたものの、台華社からおくりこまれた人の何人かとうまくおりあわず、経営は難航した。少年時代には家庭の破壊者としてのみ父を批判していた杉山泰道にとって、台華社ゆかりの人々と農園で生活をともにする困難は、杉山茂丸の人脈に対して警戒することを教えた。

一九一八年二月二十五日、泰道は、長崎の警察署長鎌田昌一とその妻ミチの三女クラ（明治二十八年十月三十日生）と結婚し（四月十八日入籍）、以後終生香椎の農園に住みつづけた。

父茂丸の死の直後、杉山農園の経営の困難からそこをはなれて米国にわたった奈良原牛之助から弔詞をおくられ、その返事を書いた。その前半はこの章で前に引いたが、そのすぐあとの文章をここにうつす。

（父の生涯の後始末をすることを半生の目的として今日まで来たことをのべたあとで）、そのお蔭と、母（継母幾茂）や妹共が全部僕を親任し共々に一文無しとなつて路頭に飢えても構はぬ決心で一貫して呉れ、又父の生前に関係して居りました三人の女性が皆僕を信頼して、つまらぬ事を云はずに我慢して呉れて居ります為に、一切の醜体曝露を未然に防ぎ、些くとも母と瑞枝（異母妹）の生涯を保証するだけのお金は、大した侮辱を受けずに父の故友から貰ひ受ける見込が立ちましたから、何卒僕の成功を賞めて下さい。父を取巻く他の富豪達が盛んにボロを出してゐるから面白いです。生涯を踏潰されて何等報ゐられない母と妹が可愛想でなりませぬ。母は誰よりも僕を信頼してくれますが、万一僕が真実の子であつたらドンナにか嬉しいだらうと思ふと胸が一パイになります。

（杉山龍丸編『夢野久作の日記』昭和十年九月二十九日付）

Ⅷ　夢野久作の誕生

他の動物とおなじく、人もまた自分の名前をえらぶことができない。しかし人は成長してから名前を変えることはできる。杉山直樹という名前は、誕生の時にあたえられた名前である。出家するさいに、彼は萠圓泰道という名前をうけた。還俗してからあとも、謡曲についての評論を発表する時に、沙門萠圓としてこれを用いている。萠圓とは、まるい形にむかってもえいずるものという意味か。

杉山萠圓という名前も時として、文章発表に使っている。日本の仏門では、うまれそだった家から出家した後にも、もとの家の苗字を保つので、日本仏教の習俗のうちにひそむ矛盾を「杉山萠圓」という名前はもっている。戸籍上の名前は、大正四年六月二十一日付で、「直樹ヲ泰道ト変更」。以後は、杉山泰道が戸籍上の名前である。泰道とは宇宙史をつらぬく大道を指さす。それは、もはや杉山の家にとらわれている名前ではない。放浪と托鉢の生活をへて、自分を何のささえもなくおしながされてゆく一個無名の粒子と見なす視野が心中にひらけている。先の章に引いた奈良原牛之助（在米国）あての手紙の末尾には、「日本は実につまらない処ですが、それでも第二世の血管に漲る日本魂は摩天楼を見上げたくらゐでは全面的に眼ざめないであらうと思はれます。それよりも二重橋を仰ぎ、父祖の墓を拝し、畳の上に座ってお茶を飲んだ方が、早わかりと思ひます」と書いており、日本を絶対化せず、しかも日本のしきたりをとおして何事かをなし得る条件がまだこの日本にあると見ていた。この立場から、杉山茂丸たち台華社の活動、頭山満のひきいる玄洋社の活動を見る時、共感がわきおこって来た。しかし、それは宇宙史のどの一点にあっても、そこをよりどころとして出発する他ないという、虚無的な見方と裏表になっている。

玄洋社・台華社の人びとを理想化してえがいた『近世快人伝』（『新青年』一九三五年四月—十月、単行本は黒白書房、一九三五年十二月）は、「猟奇歌」（『猟奇』、『ぷろふいる』一九二八—三五年）とある時期並行してかかれた。

「猟奇歌」は、七年にわたってつくられた二三九首のわかち書きされた短歌である。晩年に長い期間にわたってつくられた作品だから、作者の心の底のほうからわいてきた心象を託したものであろう。『近世快人伝』と対照的に、それらはどちらかと言えば西洋風で、モダンなスタイルに属し、やみくもな犯罪にむかう心情をうたっている。

此の夕べ

可愛き小鳥やは〳〵と
締め殺し度く腕のうづくも

人の来て
世間話をする事が
何か腹立たしく殺し度くなりぬ

ニセ物のパスで
電車に乗つてみる
超人らしいステキな気持ち
自惚れの錯覚すなはち恋だから
子供は要らない
ザマア見やがれ
此の顔はよも
犯人に見えまいと

鏡のぞいてたしかめてみる

蛇の群れを生ませたならば
……なぞ思ふ
取りすましてゐる少女を見つゝ

誰か一人
殺してみたいと思ふ時
君一人かい……
……と友達が来る

一里ばかり撫(な)でまはして来た
なつかしい石コロを
フト池に投げ込む

宇宙線がフンダンに来て
イラ〳〵と俺の心を

キチガヒにしかける
悟れば乞食
も一つ悟れば泥棒か
も一つ悟ればキチガヒかアハハ

インチキを承知の上で
賭博打つ国際道徳を
なつかしみ想ふ

この作品は台華社で杉山茂丸のとりまきの間でかわされていた雑談を思わせる。

水の底で
胎児は生きて動いてゐる
母体は魚に喰はれてゐるのに

彼の愛読の書だった丘浅次郎の『進化論講話』を思わせ、また執筆中の彼の長篇『ドグラ・マグラ』の巻頭の話を思わせるグロテスクなイメージである。

あの娘を空屋で殺して置いたのを
誰も知るまい
藍色の空

血だらけの顔が
沼から這ひ上る
俺の先祖に斬られた顔が

これもまた、玄洋社・台華社の大言壮語への一つのコメントで、この陰鬱な気分が、『近世快人伝』では明朗なほらばなしにかわる。一つの主題から生えでた二つの物語である。

暗の中で
俺と俺とが真黒く睨み合つた儘
動くことが出来ぬ

たはむれに
タンポゝの花を引つ切れば
牛乳のやうな血しほしたゝる

森中の枯れ木は
ひとり芽を吹かず
一心こめた毒茸(どくたけ)を生(は)やす

闇の中に闇があり
又闇がある
その核心から
血潮したゝる

独り言を思はず云つて
ハツとして
気味のわるさに

又一つ云ふ

脳髄が二つ在つたらばと思ふ

考へてはならぬ

事を考へるため

『近世快人伝』は、無法者の列伝である。えがくところは頭山満、杉山茂丸、奈良原到（いたる）、篠崎仁三郎の四人で、頭山満は無法者の集団の頂点にあっておだやかな日々をおくったが、この小伝で力をこめてえがかれるのは、大阪市長に会いにいったさいに長くまたされて、尻の穴がかゆくなり、そこからサナダ虫をひきだして、火鉢のふちにならべるというような奇行である。そういうケタはずれの奇行ぐるみ、著者は頭山を天才的な平凡児と評価する。

勿論、頭山翁は若い時代に、維新後の日本が西洋文化に心酔した結果、日に月に唯物的に腐敗堕落して行く状況を見て、これではいけないぐらいの事は考えたかも知れないが、それを救うためには、自分が先ず大人物にならなければとか、実社会に有力な人物にならなければとか、又は大衆の人気を集めなければとか、人格者として尊敬されなければ……とか言ったようなセセコマしい志を立てた形跡はミジンもない。持って生まれた平々凡々式で、万事ありのまんまの手掴み(てづか)で片付けて来ている。そこが頭山翁の古来ありふれた人傑と違っている点で、その平々凡々式の行き方が又、筆者をして頭山翁を好きにならしめた第一の条件になっているらしいのだ。

著者を魅惑したのは、頭山満が老齢の右翼巨頭になってからも、いつも自分を捨てる用意をもっているところだった。そういう魅力を、頭山のところにあつまる右翼運動家はもっていなかったし、頭山の友人である杉山茂丸（著者の父）のまわりにあつまる壮士たちももっていなかった。利財に関心なく、酒を一滴ものまず、にこやかにしている晩年の頭山はその中にあってかがやいて見えた。

杉山茂丸が、頭山とちがう人物であることは、息子の眼からもはっきりと見えた。頭山と対照的に、「彼は現代に於ける最高度の宣伝上手である」。

「其日庵(きじつあん)」という杉山茂丸の称号は、其の日ぐらしというところから来る。

その日一日を送りさえすればいいのだから、他人の迷惑になろうが、後になって大事件になることがわかり切っていようが構わない。盲目(めくら)滅法に押しまくってその日一日を暮らす。それから妻子や書生の御機嫌取りだが、これも生きている利子と思えば何でもない。好きな小説本か何か読んで何も考えずに寝てしまう。

彼は玄洋社の真正直な国粋的イデオロギーからはなれて権謀術数をもって世をわたった。彼のまわりには利権亡者がつねにむらがっていたが、子分らしい子分を一人ももたず、タッタ一人の才覚で自分の思うところをなした。

三番目にとりあげた奈良原到（杉山泰道の親友奈良原牛之助の父）になると、これは、頭山・杉山ほどの時代への適応力がなく、同時代における敗残者だった。

もしも彼が戦国時代の人だったら、敵党派の人を次々に殺す実力は彼を同輩の間に重からしめたであろう。しかし明治の代では、はじめ玄洋社の領袖であった彼をだんだんに低い地位におしやり、日清戦争後彼は台湾で巡査としてくらした。

生蕃征伐に行った時、大勢の生蕃を数珠つなぎに生捕って山又山を越えて連れて帰る途中で、面倒臭くなると斬ってしまう事が度々であった。あの時ぐらい首を斬った事はなかったが、ワシの刀は一度も研（と）がないまま始終切味が変らんじゃった。

生蕃という奴は学者の話によると、日本人の先祖という事じゃが、ワシもつくづくそう思うたなあ。生蕃が先祖なら恥かしいドコロではない。日本人の先祖にしては勿体ない位、立派な奴どもじゃ。彼奴（きゃつ）等は、戦争に負けた時が死んだ時という覚悟を女子供の端くれまでもチャンと持っているので、生きたまま捕虜にされると何とのう不愉快な、理屈のわからんような面付きをしておった。彼奴等は白旗を揚げて降参するなど言う毛唐流の武士道を全く知らぬらしいので、息の根の止まるまで喰い付いて来よったのには閉口したよ。そいつを抵抗出来ぬように縛り上げて数珠つなぎにして帰ると、日本人は賢い。首にして持って帰るのが重たいためにこうするらしい。俺達は自分の首を運ぶ人夫に使われているのだ……と言うておったそうじゃが、これにはワシも赤面したのう。途中で山道の谷合いに望んだ処に来ると、ここで斬るのじゃないかと言う面付で、先に立っている奴が白い歯を剝き出して冷笑しいしい、チラリチラリとワシの顔を振り返りおったのには顔負けがしたよ。そんな奴をイクラ助けても帰順する奴じゃないけに、総督府の費用を節約するために、ワシの一存で片端から斬り棄てる事にしておった。今の日本人の先祖にしてはチッと立派過ぎはせんかのう。ハッハッハ

おたがいに力のつきるまでたたかって、返り血をあびて、アッハッハという境地を理想化する。人類の先祖はそういう歴史をとおってきたのだろうし、今もその側面は世界の動きの一部である。そこに生きることをせまられたら、私は、何をしようとするのか。この問いを、『近世快人伝』は私につきつけてやまない。

『近世快人伝』のとりあげるのは、士族だけではない。平民にも、快人はいる。

篠崎仁三郎は、博多大浜の魚市場にある湊屋の主人で、彼によると博多っ児の資格は次のごとくである。

第一条　十六歳にならぬうちに柳町のおいらんを買うこと。

第二条　身代かまわずにバクチをうつこと。

第三条　生命かまわずに山笠をかつぐこと。

第四条　出会い放題に××すること。

第五条　死ぬまでフグを食うこと。

この最後のフグは、しびれる快楽である。しびれることを、人生の最高の境地とする人生観である。

篠崎仁三郎は、乳ばなれするころから、父にフグのシラコを口にいれられてそだった。カナトウフグ、トラフグ、キタマクラというようにフグのあぶなさの序列をのぼっていった。

北枕なぞを喰うた後で、外へ出て太陽光（ひなた）に当ると、眼が眩（も）うてフラフラと足が止まらぬ位シビレます。その気持のええ事と言うものは……。

これは自分で自分にかける幻魔術、ドグラ・マグラであろう。自分のおちた地獄であるこの人生を、そのまま快楽と感じるのである。

御承知か知りませんが、鰒に中毒ると何もかも麻痺てしもうて、一番しまい間際に聴覚だけが生き残ります。

最初、唇の周囲がムズ痒いような気持で、サテは少と中毒ったかナ……と思ううちに指の尖端から不自由になって来ます。立とうにも腰が抜けているし、物言おうにも声が出ん。そのうちに眼がボウーッとなって来て、これは大変が出来たと思うた時にはモウ、横に寝ているやら坐っているやら自分でも判然んようになっております。ただ左右の耳だけがハッキリ聞こえておりますので、それをタヨリに部屋の中の動静を考えております処へ、聞き慣れた近所の連中の声がガヤガヤと聞こえて来ます。気の早い連中で、モウ棺桶を担い込んで来ている模様です。

それでも父親は息子の胸に手をあててみて、まだあたたかいと言って、棺桶にいれなかったので助かった。

頭山満、杉山茂丸、奈良原到、篠崎仁三郎の四人を快人と呼ぶなら、快人の条件は何か。法にとらわれないということがひとつ。みずからの死を恐れないということがひとつ。他人の死を恐れないということがもうひとつ。いきがいの中心に、殺し殺される人間の現実をおいて、へこたれずにその中に入ってゆくという姿勢であろう。人間の讃歌は、人間の殺し合いの讃歌を含む。人間は勝手に理屈をつくって他の人間を殺す、その現実をうけいれて、恐れずにふみこんでゆく精神である。シラーの歌詞の大合唱でおわるベートーヴェンの第九交響楽が人間みなが兄弟となる理想を前においたのと対照的に、人間がたがいに殺しあうことの喜びの大合唱がこの本に鳴りひびいている。だが、そういう快人思想を、著者は、自分の実人生においてうけいれて生きたのだろうか。

法律の規矩にとらわれ、観念の上でだけ西洋わたりの人道主義思想をまとい、学歴や身分を重視するようになった大正・昭和の日本に対して、これに抗議するつよい姿勢を、著者が快人たちの言動に見出したことはたしかである。それではなぜ、杉山泰道は、玄洋社の一員として活動することに一身をかけなかったのか。あるいはまた、玄洋社と一線を劃する父杉山茂丸の片腕となってはたらかなかったのか。

杉山泰道の晩年の知己・紫村一重の回想を全文うつす。

昨今では、地方在住の作家も多くなったようであるが、夢野久作時代には、少なくとも作家を志し、少しでも中央に名が知られれば、進んで東京に出るのがまず普通であった。

夢野久作の場合は、東京に両親が居られ立派なうちがあったにもかかわらず、敢て東京に住まおうとはしなかった。何故だろうか。それに対する氏の答はこうであった。

――いいものを書けば、どこに居ようといつかは必ず世間にみとめられる。

その一語は悟りの境地にある禅僧の言葉を聞くようであるが、ありていに言えば、東京には住みたくない、もっとつきつめて言えば両親と同居したくないという気持が強く作用していたのではないか、と私は思う。

氏が東京で亡くなる直前、同道していた私を連れて頭山満先生のお宅を訪れ、頭山先生に紹介してもらった。それ以前から氏は私に、

――おやじには会わせたくないが、頭山先生にはいつか紹介しよう。

と言われていたのが実現したわけである。おやじと言うのはいうまでもなく杉山茂丸翁のことであり、この時は既に他界されていたから、私は一度もお目にかかったことはなかった。

もちろん私の方から翁への面会を求めたことは一度もなかったのであるが、身辺雑話の折柄、ひょいと久作氏の口から出た時、私は何故ですかと反問したところ、

「おやじとあんたを会わせたら、おやじがあんたを食うか、あんたがおやじをとりこにするか、どっちかだ」と答えられた。

翁と私とでは、思想的にはもちろんどだい格が違うのに、あえてそう言われたのは、性格と行動性の面で、翁と私には何か共通したものがあると見て、一種の危惧の念を持

っておられたのではないかと私は思う。そればかりか作家としての久作自身が厳父の性格と行動を受容できなかった。だから両親との同居は好ましいものではなかった。そのことは厳父の気持も同様であっただろうと私は推測する。その外に家庭的な事情も大いにあったと思われる。

両親らと同居されていた青年期には一時出家して仏門に入ったり、後には福岡市郊外の香椎に移るなど、両親とは或る程度の距離を置いては生活されていたのをみてもその一面がうかがえる。

それなのに両親に対して不満らしいことを一度も言われなかったばかりか、その態度は実に慇懃(いんぎん)丁重であったことが日記のふしぶしからもうかがえる。別の側面からみれば、氏の生活費の大半は、厳父に負うところがあっただけに、それがまた氏の精神的負担ともなっていたのではあるまいか。とにかく感情をあくまでも殺して理性に徹して生きようとされただけに、自然と内向的にならざるを得なかった。心の内向性と禅と能の世界が、久作文学の下敷になっている、と私は思う。

（紫村一重「茂丸翁と久作」『夢野久作著作集』第二巻月報、葦書房、一九七九年五月）

自分の秘書を杉山茂丸には紹介せず、頭山満には紹介した。その風格にふれてもらいたかったのだろう。『近世快人伝』に書いているように、頭山が、「維新後の日本が西洋文化に心酔した結果、日に月に唯物的に腐敗堕落して行く状況を見て、これではいけないぐらいの事は考えたかも知れないが」、それ以上こまかく考えたのではないだろうと言っている。杉山泰道が頭山満とともにした思想は、この場から考えてゆこうという考え方だっただろう。世界の大勢がこうだというような、抽象的法則のように見えて、実は根底の薄い執念に身をまかせるのでなく、この場から未来への方向を見さだめようという考え方である。これは、民族主義の一種ではあろう。だが、頭山の場合はともかく、杉山泰道の場合は国家至上主義ではなかった。現政府の言い分をすべて正しいとして他人におしつけるという考え方でもなかった。杉山泰道をひきつけたのは、頭山がそのとりまきとちがって財力・権勢・名声を求めようとしない態度だった。それは無名の右翼浪人として死ぬ奈良原到とならべても、はずかしいものと思えなかった。奈良原到について杉山泰道が感動したのは、人殺し礼讃のところだけでなく、その少年時代にくぐった決死の体験をながい生涯にわたってたもったことにある。

明治のはじめ筑前志士は薩摩の西郷に呼応して旗上げする密議をこらしていた。その一座に奈良原到ほかの十四、五歳の少年たちがくわわっていた。やがて、武部小四郎の乱、宮崎車之助の乱などがおこり、次々についえさった。挙兵前に警察から先手をうたれた原因は、奈良原少年の激語にあると言われた。少年たちもまた、とらえられ、投獄され、仲間の名を言えとごうもんにかけられた。

盟主武部小四郎は、追手をのがれて薩摩の国境まで来たが、少年たちがとらえられてごうもんにかけられていることをそこできいてひきかえし、福岡県庁に自首した。そこで、一切が自分の一存で決定したことであり、少年たちはひとりも謀議にあずかっていないとのべた。

ある夜、四、五人がむかいの獄舎からひきだされて広場にきたと思うと、武部らしいひとりが、天にもひびけとさけんだ。

「行くぞオオ――オオオ――」

少年たち十六名は獄舎の床に平伏して顔をあげ得なかったという。晩年の奈良原到は語る。

「あれが先生の声の聞き納めじゃったが、今でも骨の髄まで沁み透っていて、忘れようにも忘れられん。あの声は今日まで自分の臓腑の腐り止めになっている。貧乏というものは辛労いもので、妻子が飢え死によるのを見ると、気に入らん奴の世話にでもなりとうなるものじゃ。藩閥の犬畜生にでも頭を下げに行かねば遣り切れんようになるものじゃが、そげな時に、あの月と霜に冴え渡った爽快な声を思い出すと、腸がグルグルグルとデングリ返って来る。何もかも要らん、『行くぞォ』と言う気もちになる。貧乏が愉快になって来る。先生……先生……と思うてなあ……」

と言ううちに奈良原翁の巨大な両眼から、熱い涙がポタポタと滾れ落ちるのを筆者は見た。

（夢野久作『近世快人伝』）

杉山泰道が結婚して、杉山農園でくらすようになったのは一九一八（大正七）年、二十九歳の時である。九州で農業に従事してはたらくことは、それまでの東京のくらしを別の眼で見ることをおしえた。以後彼は、東京でくらしたことがない。書くことはやめず、一九二〇（大正九）年、『九州日報』の記者となって杉山農園からかようようになってからも、「呉井嬢次」、「白髪小僧」、「傀儡師」などの創作を、『黒白』、『九州日報』にのせた。一九二三（大正十二）年の関東大震災の時には、『九州日報』からの特派員として東京に行き、多くのスケッチと報告文とをのせた。これらはやがて『東京人の堕落時代』としてひとまとめにされたが、死後四十三年たった一九七九年にようやく葦書房版『夢野久作著作集』第二巻として世に出た。東京に出て電車の自動ドアをこじあけようとして必死になってわらわれたことがショックで、東京に出なければ世におくれると考えたことも昭和のはじめにはあるらしいが、それは実行せずに終った。杉山泰道の志は、九州のいなかぐらしから東京を見ることにあった。玄洋社設立の前史に属する奈良原到のきいた「行くぞォ——」の声は、かすかになりつつも、杉山泰道の心中にもひびきつづけた。彼の生き方を、同時代の文学者の生き方から分かつものはそれであり、父杉山茂丸の生き方と彼の生き方とは、一つのびんづめ地獄の形をとりながらも、その一条によって分たれていた。その一条なくしては、彼の文学はそだつことができなかった。

『黒白』と『九州日報』にのった息子の文章を、父茂丸は読んで、「夢野久作が書いたような小説じゃね」と言ったそうだ。（杉山龍丸『わが父・夢野久作』）「夢野久作」とは博多の方言で、春の空のようにぼうとした顔で、にこにこして立っている人とか、何か遠いところを見るような人、人の考えないようなことを言う人、途方もないことを考えてそれを言う人、経済観念がなくてのんびりしている人を言うのだそうで、「夢野久作さんのごたる」というふうに使われるという。

一九二六（大正十五）年一月十日の日記には「終日『鼓』の原稿を書く」とあり、十一日（月）には「夜二時まで、小説原稿書く」、十六日（土）には「アヤカシの鼓の由来を書く」、十七日（日）には「夜、紅茶を飲み菓子を喰ひ、アヤカシの鼓を書き、胃散を飲みて寝る」、二十日（水）には「アヤカシの鼓を書く」、二十七日（水）には、「アヤカシの鼓の原稿を書き、十二時ねむる」、二十八日（木）には「終日風邪にて引籠り、原稿を書く。遂に書き上ぐ」。そしてあくる日、異母妹（たみ子）の嫁ぎ先をおとずれて、義弟に原稿を見せた。

自分は、俊次（義弟）が読むのをきき乍ら、菓子を喰ひ茶を飲んだ。読んでしまつてあとからみんないろ〳〵な批評をした。しつくりとしてゐるといふ評があつた。

（杉山龍丸編『夢野久作の日記』）

この作品で懸賞に応募するというのは、義弟の提案だったという。

進行中の作品を親族のところで朗読してもらう、あるいは自分の家庭で自分で朗読することが、日記にくりかえし出てくる。朗読は彼の創作の最初の発表の形である。

彼の作品は音をもとにしてくみたてられた作品であるから、それは作品にふさわしい発表の場だった。

自作の特色について、彼ははっきり自覚しており、そのために、初期の作品には、能とかかわりのある素材をえらんだ。

『あやかしの鼓』を書きつづけるなかで、次のような方法上の指針を記す。

一月十三日　水曜

人の魂を捕ふる力は音が第一、次は言語、次は文、次は色と形なり。

一つの戯曲又は舞踊はこれを綜合せるものにして、表面は色と形が最よく人の心を捕ふる様なれど、気分の根庭（ママ）は音にて成れり。

中にも芝居の鳥の声や蟬の声は、最幼稚なる表現の一つなり。

（同前）

五月八日（土）。「博文館森下岩太郎氏（雨村─引用者注）より『アヤカシの鼓』二等に当選せりとて手紙来るを、クラ喜びて持ち来る」

『あやかしの鼓』は大正十五年十月、『新青年』第七巻第十二号に発表された。賞金は一等三〇〇円、二等二〇〇円だったが、一等はなくて、二等に山本禾太郎の『窓』と夢野久作の『あやかしの鼓』がえらばれた。

『あやかしの鼓』は、杉山泰道が「夢野久作」というペンネームを署名した最初の作品である。

父がしりぞけた文学者の道にふみだすにあたって、父がなかばからかい気味に使った仇名をとって作者名とした。ここには、父の生涯と交叉して、別の生涯をきりひらく姿勢がある。

私は嬉しい。『あやかしの鼓』の由来を書いていい時機が来たから……。（同前）

この言葉ではじまる『あやかしの鼓』は、夢野久作の第一作であるとともに、その後の全創作の刻印をすでにうたれている。それは推理小説の形をとっているが、犯人が誰かを説き明す推理小説ではなく、自分が生きているという状況の神秘（ミスタリー）にむけて主人公が力をふりしぼって推理するという形式であり、その頂点にたつ『ドグラ・マグラ』においては探偵が犯人であり、犯人が探偵である。

『あやかし』という名前はこの鼓の胴が世の常の桜や躑躅(つつじ)と違って『綾(あや)になった木目(もくめ)を持つ赤樫(あかがし)』で出来ているというところからもじったものらしい。同時にこの名称は能楽でいう「妖怪(アヤカシ)」という意味にも通(かよ)っている。

「あやかし」と言い「ドグラ・マグラ」と言い、ともにめくらましを主題とする。幻術の方法としてめくらましがあるだけでなく、人生の方法、世わたりの方法としてめくらましがあり、現に彼の父はその達人だった。さらに世わたりの方法をこえて、人生は、自分が存在にめくらまされているという状態でもあるだろう、そのめくらまし――めくらまされにとりくみ、記述し、表現することが、夢野久作の仕事となった。人生とは妖怪(あやかし)にとらえられているということでもあるのだ。

　この鼓はまったく鼓の中の妖怪である。皮も胴もかなり新しいものの様に見えて、実は百年ばかり前に出来たものらしいが、これをしかけて打って見ると、ほかの鼓の、あのポンポンと言う明るい音とはまるで違った陰気な、余韻のない……ポ……ポ……ポ……という音を立てる。

音とまあい（静寂）が、話の印象に大きな役を果す。ここでまた、日常生活の雑音と間合とが、演奏される作品の中に入って来る。明治以前からきりはなされずにのこっている明治大正の日本人の日常生活の音楽である。東京にくらしをうつさず九州在住の人として生涯をすごした夢野久作の作風である。

私はお願いする。私が死んだ後にどなたでもよろしいからこの遺書を世間に発表していただきたい。当世の学問をした人は或は笑われるかも知れぬが、しかし……。楽器というものの音が、どんなに深く人の心を捉えるものであるかと言うことを、本当に理解しておられる人は私の言葉を信じて下さるであろう。

一人称の語りでとおすところは『犬神博士』『氷の涯』、『ドグラ・マグラ』とひとしく、犯人ともくされている主人公が自分の消滅のきわにたって最後の証言をするという形では、『氷の涯』、『ドグラ・マグラ』とひとしい。

さらにこの物語のすじは、鼓つくりの名人音丸久能が、見すてられたかなしい気分を自分の作にこめて、綾姫におくり、その綾姫はとつぎ先でこの鼓を打って空しい気分のうちに自害して果てる。その夫・鶴原郷も肺をおかされて死ぬ。つくり手の音丸は、鼓をとりかえそうとして鶴原家（弟が継いでいる）にしのびこんで家臣にきりころされる。

その後、鶴原家は維新後に子爵となり東京に広大な邸をかまえる。この家にとついで来た鶴原夫人は鼓をとりだして打っているうちに、主人の子爵は気がふれて死ぬ。未亡人は書生をひきいれて、サドマゾ的性交のとりことしている。やがてそこに鼓の修理をたのまれて、名人音丸久能の子孫である主人公がたずねると、そこにいた書生は、かつて家出した実兄で、その三角関係の中で、この家は焼けおち、主人公は逃げて警察から指名手配されるというすじであり、鶴原未亡人は綾姫の血すじをひくひとであった。

家の血筋ののろい、楽器にこめられたのろいが、音をなかだちにして、人びとを滅亡にひきこむという物語の形は、やがて、音を絵にかえて『押絵の奇蹟』（一九二九年）にくりかえされるし、おなじ血筋のものが一つ所にとじこめられて滅亡する形は『瓶詰の地獄』（一九二八年）にもあらわれる。この作家によってくりかえされる物語の型は、この作家が自分の家系、とくに父親とそれをとりまく女たちとおなじ小さい空間にとじこめられた苦しみを感じて来たためで、そこで彼の作品がそだったことを示す。

幕末の武士の誇りを守って、貧しい士族として明治初期にいなかぐらしをつづけた祖父の気風をうけついだ杉山泰道は、東京で盛大なくらしをする実父にいきどおりを発してけんかを売りに出かけ、父のめくらましにあってしばらく東京ぐらしをすることになったが、東京にあきたらずふたたび九州にもどった。家系への誇りは、そこで一度切断されて、彼の中にたもたれる。切断は、彼の個性へのめざめによってなされたが、その切断をその後の生涯をとおして守る力となったのは、彼自身のつくった家庭である。

彼の作品に作者の生活をそのまま読みこむ人は、夢野久作を、玄洋社系の思想の持主と思うかもしれない。権謀術数にたけた人物で、斗酒なお辞せず、女性関係の複雑なくらしをしてきた人と思うだろう。だが、彼の日記を読んでも、彼の妻と子の回想を読んでも、彼は普通人としてはたらき、普通人として家庭をいとなんだ。彼の長男龍丸の書いたいくつもの回想録のどれにも、彼が彼の父茂丸について書いた文章の中にあるアイロニーはうかがえない。異常なのはむしろ、連日徹夜して狂人の原稿を書きながら（冬の夜も仕事ができるように書斎をオンドルにしていた）、夕食の時にはおだやかに家族を前にして、自分のでまかせにつくるおとぎばなしを話してきかせるという、そのおだやかさである。

彼が、私達に接するのは、夕食のとき、私、弟達、母や女中、下男の人達と一緒に食卓につき、食後、末弟の参緑を膝に抱いてから、多くの童話を話しました。

その童話は、全く奇想天外なエロ、グロ、ナンセンス、滑稽ともいいようのないもので、彼が話す度に、母は顔を真赤にして、子供達の前でそのような話をしてと怒ったり、箸を投げ出して、お茶碗を置き、吹き出したり、気持が悪くなったといって、食事をやめたりしました。

母は、食べ盛りの私達や、父が食事をした後、一人で食事をするのが例でしたので、最大の被害者でしたが、私と父は、その様子がオカシイといって、大笑いしたことがあり、ますます、彼女を憤慨させたことがありました。

彼は、大きな長い顔をして、拳固を口の中に入れて、末弟の参緑を驚かして、幼い三人が眼を輝かして、彼の口許へ注がれると、さも得意そうに、一しきり左手で鼻をつまみ、こすりあげて話すのが例でした。（杉山龍丸『わが父・夢野久作』）

座談の才を、夢野久作は、父からうけついだであろう。しかし東京の老政客のあいだをぬってほらばなしで風雲をまきおこした父親を、自分とは別の役柄として見さだめる場所を、いま、この家庭において彼は確保することができた。久作没後三十四年たってクラ夫人が回想したところによると、

谷川（健一）　いまからお考えになりまして、夢野久作――ご主人はどんな方だったんですか。ズバリとした質問ですけれども。（笑）

（杉山）**クラ**　心（しん）の柔らかな、やさしい人でしたね。けれども、物事についてはきびし

かったですね。
　仕事するといっても、きちきちっとするというようなこと、そういうことやかましかったです。私が台所仕事するにしても、よそに物を持って行くにしても、きちんとするのが好きでしたから、私にやかましく言いました。それから母が生みの母ではなかったものですから、自分のことはかまわなくても母のことをやれっていうふうに、嫁にいった初めからしつけられました。

（杉山クラ、杉山龍丸、谷川健一「夢野久作への私的アプローチ」『夢野久作全集』第七巻、三一書房、一九七〇年）

妻との間にいさかいがなかったわけではない。日記の大正十五（一九二六）年四月二十四日（土）の項に、

父へ二百円の電報打つ。クラ泣く。

とある。そのころ彼のつとめていた『九州日報』は破産に近く、彼は身をひくことを考えていた。そこで当座の生活費を父にたのむ電報をうったのである。これに夫人は反対だった。杉山龍丸によれば「妻のクラは東京の茂丸に頼むと、継母幾茂より色々言われるの

で、働くことをすすめたが、夢野久作はきかず電報を打ったのでクヤシナキをした」。（『日記』の註）

クラは自分もつとめに出ることを考えたようで（杉山龍丸『わが父・夢野久作』）、杉山茂丸の世話にならない堅実なくらしを求めた。だがこのころ、久作には、はじめは『精神生理学』と名づけられ後に『ドグラ・マグラ』に成長する大作の構想があり、これは大正十五年から昭和四年にかけて十数回書き直しをして何度改稿したか自分でもわからなくなるほどの集中だったのだから、この時、父から二百円もらって新聞社勤務をやめることを彼はえらんだ。その後毎月百円ずつもらった。父の死のころには、ようやく作家としての収入は「三流」（奈良原牛之助への手紙）くらいになっていたから、自力で家庭をささえられたのであろう。父の死後、財産を整理し、父のかかわりある女性たちに金を配分し、六万円を継母にわたし、父のあつめた刀剣と家と地面とは杉山泰道（久作）がもらうことにした。（『日記』一九三五年九月四日の項）

文筆においてかなりの成功をおさめたこのころにも、クラ夫人とのあつれきはあったらしく、父の死（七月十九日）に先だつ一九三五年四月九日の項に、

四月九日　火曜

午前原稿書き。午后権藤にて謡の稽固（ママ）に行く。途中乗合来ず。トラックの泥飛沫を頭

から浴びせらる。

クラ同伴。道すがら余の捨て身なるをクラ怨みて攻撃す。

人間万事棄て身ならざれば真の道は行き難く、万事ホンタウの解決困難なり、されどもその様な人間の妻子は最ミヂメなるが通例なり。余は何事にも棄身になり過ぎる嫌あり。よい加減にあしらひ行くうち、乗合来る。（ルビ―引用者）

杉山龍丸の話によると、「乗合」とはバスではなく、ハイヤーに何人もが乗合ってゆく定時制の自動車のこと。棄身とは、杉山茂丸らとの関係をかえりみず、自己の信念によって行動し、出版社からの注文についても自分の主張にあわないものをことわって、かたくなな態度をとることをさす。

だが、日記をとおして読みとれるのは『ドグラ・マグラ』の構想、改稿を支えるほどの弾力性のある牧歌的な家庭生活がそこにあったことである。大正十五年六月二十七日の項。

六月二十七日　日曜

昨同。田植す。クラも身支度して植えにゆく。（原文には改行なし―引用者注）

いさゝかの事にはあれど三十八になりて意志の薄弱なるには、屁古垂るゝのほかなし。

みす〳〵身体に害ある紅茶飲み、菓子喰ひが如何にしてもやめられず、他人に云はるゝ事にもあらず、ひとり可笑し。（ルビ―引用者）

凄惨なる『ドグラ・マグラ』は、菓子をくいすぎては胃散をのみつつ、書きつがれた作品である。そしてクラ夫人によれば、

クラ　書いてしまったら一応私に読んで聞かせよりました。私がようやくお台所すませて、子供寝せますと、聞いてくれと言われるものでね……（笑）。聞いてくれというと、初めは苦になることがございました。もちろん慣れましたけどもね。

龍丸　ある意味からいうと、おやじの小説というのは、いわゆる大衆小説に入るかどうか知りませんけれども、どっちかというと理論的なのが多いですね。いわゆる読んで感激し涙を流すとかそういうのでないものですから、お母さんが「婦人倶楽部」なんかの小説読んで涙流していると……。

クラ　おれもそんなの書きたいなんて言いまして……（笑）。

（「夢野久作への私的アプローチ」）

このくらしの中に紫村一重が登場する。

昭和十（一九三五）年元旦の項に、

朝八時温突（おんどる）を設備せる座敷にて雑煮。床の間に家父垂訓の軸。余四十七歳。クラ四十一。龍丸十七、鉄児十五、三六（参緑―引用者注）十歳。紫村二十七、クマ同。朝来雨甚し。日照り又降る。風少々。余と妻、紫村君と三人にて三苫の大綿妙見神社、奈多の三郎天神、蛭子（えびす）神社に参り、中島別荘千俊方に立寄りて帰る。玄海の波高し。海岸白泡に満ち、雨中満々として潮さし来る。松籟濤声に和し千古の静寂を伝ふ。俗心頓（とみ）に銷し、詩も歌も無し。此感何時の時、誰に向つてか語り得む。語り得ずして黙々土に入るとも憾（うらみ）無き境地也。午後亀田君と喫茶。夜一同と児戯。笑ひ疲れて眠る。

ともに新年を迎えた紫村一重は、杉山龍丸の註によれば、鞍手郡直方感田の人。十七歳の時、炭鉱の鉱害への農民の抗議にくわわり、農民運動に入った。杉山茂丸の従弟青木熊太郎の長男青木甚三郎が聯隊でおなじ中隊に属していたことから、夢野久作に紹介され、兵役がおわったあと夢野久作のところに寄食し、後に秘書となった。

「三月十七日　日曜　紫村君。長崎で公判受けに夜十時出発」とあるように、夢野久作は、紫村の状況を知って、彼を秘書としていた。杉山龍丸の註によれば、この時の長崎の公判とは、昭和二年以来の共産党弾圧で逮捕されてとりしらべられ、地方裁判所から高等裁判所に上告していた、その判決をうけに長崎に行ったのである。これまで夢野久作の家にいたあいだは保釈中だった。

紫村一重がとらえられたのは昭和八年二月十一日だが、それはながく伏せられており、記事解禁となったのは昭和十年六月十四日である。そのあくる日六月十五日の『福岡日日新聞』特別号外には、「九州地方空前の共産党大検挙」という大見出しで、農村へ喰いいる広汎・深刻の極左組織、いわゆる〝二・一一事件〟(昭和八年)の全貌がつたえられている。福岡、長崎、佐賀、熊本、大分、鹿児島の六県でとらえられた人は五〇八人に及んだ。福岡県下の被起訴者一覧という一面かこみ記事に、

懲役一年六ケ月　本籍直方市大字感田　住所佐賀県鳥栖町全農福佐聯事務所　学歴高小卒　職業農　氏名紫村一重　年齢二十八歳

と出ている。

紫村一重自身が書いた文章によると、彼は昭和六(一九三一)年二月、福岡歩兵二十四聯隊に入隊中、松本三益のすすめで入党した。当時の帝国陸軍の内部で共産党に入党するというのは、今からふりかえって歴史を考えるものには、想像しにくいが、それが事実な

のだろう。除隊後は、全農全会派に属して、共産党員の同志としては松本三益だけが顔見知りで、その指導のもとにもっぱら合法面の農民運動にしたがった。

あくる年の昭和七年十二月の末に、福岡県八女郡船小屋温泉の会議に、松本三益に言われて出席し、それは五、六人のあつまりだったが、あいつぐ弾圧で苦しい立場にたたされた共産党の九州地方委員会を確立するための会合だった。当時、紫村一重は二十四歳だった。

船小屋会議は、一日目は深夜に及び、二日目は午過ぎには終ったように思う。この日の会議で、党九州地方委員会は確立され、各専門部も設置され、その責任者も決定された。

西田（信春）さんは会議を閉じるに当り、党九州地方委員会の確立したことを宣言するや、大きな手を私に差しのべ、その手に私の掌を包みこむようにしてがっしりと握りしめ、低い声だが底の方からしぼり出すように、ゆっくり一語一語句切りながら、「労農提携万歳」と言って会議を結んだ。

あれから三十数年も経っているのに、私は感激した当時の自分を思い起すと共に、西田さんの大きな手とそのぬくもりを、今も忘れることができない。

この時の会議の冒頭に、私に斎藤と名付けてくれたのも西田さんだった。その頃、もっぱら合法面で働き、地下運動の経験がなく、しかも百姓臭い私が、よほど忘れっぽい人間に見えたのだろう。そんな私を思いやり、覚え易い名前がよかろうと言うことで、時の首相斎藤実と同じ斎藤とつけてくれた。西田さんはわれわれの会合の席では伊藤と言っていたように思う。

（紫村一重「たよりになるオヤジ西田信春さん」、石堂清倫・中野重治・原泉編『西田信春書簡・追憶』土筆社、一九七〇年）

当時の共産党員はなるべくおたがいに会わないように自戒していた。紫村が西田に二度目にあったのは昭和八年二月十日で、この日は二人で二つの会議にともに出席し、深夜にわかれてから生涯あうことがなかった。紫村が自分のかくれ家にかえってねると、二月十一日未明の午前四時に警察の一隊が土足で家の中にふみこみ、検挙された。

以来、拷問に明け暮れた警察のブタ箱生活から、長い未決、既決生活の間、私の脳裡を離れなかったのは西田さんのことである。オヤジはどうしているだろうか。大丈夫だっただろうかと――。

当時、福岡の未決監は土手町にあり、階上が独房で、たしか四十七房ぐらいあったと思う。私は西側の南の端にいたが、就寝後看守の隙を見ては廊下を距（へだ）てた向い側正面とその両隣りの同志に、覗（のぞ）き窓のガラスを通し、指先で字を書いて西田さんの消息を尋ねてみた。それは幾日もかかり全房にリレーされて連絡されたはずだ。その外、入浴や運動の時も束の間を盗んで尋ねてみたが、西田さんのその後の消息を知っている者は一人もいなかった。

大胆で、しかも細心の注意と警戒を常に怠らなかった西田さんである。もしかしたら検挙をのがれていはしないかと思う反面、かなり長い年月を経過しているのに、誰一人消息を知らないことに、私は私なりに不審を抱いた。軽率な仲間のある者は、西田さんをスパイ視する者さえあったが、私は夢にも西田さんをそんな風に見る気になれなかった。（同前）

日本共産党九州地方委員会の委員長西田信春はすでに死んでいた。しかし、そのことを九州の仲間は知らず、東京の友人たちも、共産党本部も知らず、奈良県十津川村にいる彼の両親も妹も知らず、警察さえ知らなかった。というのは、警察は、死体を西田信春として特定できなかったからである。

それから、かなり長い年月が過ぎた。私は転向後、思想事件関係者の保護団体である福岡同仁会に勤めるようになった。其処で、ある日まったく偶然の機会に、西田さんの調書を見ることができた。

当時の事件関係記録は、一人分でも相当部厚い綴りになっていた。私は盗み見るうちにその中に二、三枚綴りの一冊を見つけ、不審に思って表紙を開いて見て驚いた。それは西田さんの調書で、福岡署で調べられた時のものであった。

中身は、ただの一枚きりだった。私ははやる胸を押えてその一枚を凝視した。その一枚の紙片には大略こう記されていた。

「通称、伊藤又は坂本、岡。本名不詳。推定年齢三十歳位……」行を変えて「取調中、心臓麻痺で急死」とあった。が、肝心の死亡月日や時間、さらにその後の処置については何も記されていなかった。私は盗み見の危険も忘れて、二度三度読み返した。私は足ががくがくする程全身が震えた。ひと言も喋らずに冷酷無残な拷問に、死を以って答えた西田さんの烈々たる闘志と、憤懣（ふんまん）やる方なく切歯扼腕された姿を、一枚の調書にありありと感じたのである。（同前）

一九七〇年九月十二日、西田信春の解剖に立ちあった鑑定人石橋無事に石堂清倫・中野重治・原泉の三人が会ってきいたところによると、昭和八（一九三三）年二月十一日、警察で誰とも知らぬ一個の死体の解剖の準備をしている時、警察の人が検事にむかって、

「職務熱心のあまりについこないなりまして」

とおなじことを四度か五度くりかえしながらぺこぺこ頭をさげているのを見たそうであ

る。

解剖が終ると、私服刑事が来て、

「これね、あんまり白状しないから、しようがないから足を持って二階から階段を上から下まで引きおろして、下から上までぐっとやって、四、五回やったら死んじゃったんですよ」

と言ったそうだ。

これらのことがわかったのは、西田信春の死後三十七年たったあとのことである。検挙、裁判、転向、下獄後も、西田信春の安否をきづかい、単独で法をおかしてもその虐殺の事実をつきとめた紫村一重の人がらが西田信春回顧のこの本にあらわれている。この時代に、彼の経歴を知って夢野久作は彼を秘書にした。

そのころから四十年あまりすぎた、一九七六年、紫村は夢野久作の難解な文字を解読清書して、その日記の刊行を助けた。

夢野久作氏は、私みたいな泥くさい人間でも、何のこだわりもなく温く抱擁することのできる人物であったということである。といって、私は甘えてばかりいたのではなく、二人で話し合ってある計画をもち、それが実現に努力している最中に、夢のように逝かれたので計画は挫折してしまった。私にはそれがいささか心残りである。

もしも氏が健在で、その計画が実現していたならば、氏の作家活動の面にも、私の人生にも一つの転機になったであろうことはたしかである。

（紫村一重「『夢野久作の日記』刊行によせて」「葦書房編集室だより」7号　葦書房、一九七六年九月）

この時期に、玄洋社の先人を理想化して『近世快人伝』を書くのだから、夢野久作は、民族主義者であろう。しかし、彼はおなじ時に保釈中の紫村一重に心をゆるしてともに未来を構想する人でもあった。

昭和十（一九三五）年二月十四日の記事を引く。

夕食後父上自ら薄茶を立て、賜ふ。淀(よど)み多く苦(にが)し。後の思ひ出とならむ。汝は俺の死後、日本無敵の赤い主義者となるやも計られずと仰せらる。全く痛み入る。中(あた)らずと雖(いえども)遠からず。修養足らざるが故に看破(かんぱ)されたる也。（ルビ―引用者）

おなじ昭和十年の七月十九日に、父はなくなり、その葬式と後始末を終えた昭和十一年三月十一日朝、夢野久作は父の東京宅で、会計をうけもっていたアサヒビール社長林氏の報告をきくうちに倒れて亡くなった。前夜は午前二時ころまで秘書の紫村一重と新しい農民道場をつくる計画の図引きなどしていたという。

夢野久作としての活動は、大正十五（一九二六）年五月から昭和十一（一九三六）年三月までの十年で終った。

「タイドウシス　スグコイ　イクモ」

という電報を、杉山龍丸は、福岡の自宅でうけとった。父とともに東京に出ていた紫村一重が、小田原で待っていて、汽車にのりこんで、母と龍丸とに、夢野久作の死の事情をつたえた。

紫村氏が、何度も、何度も、車中で、

「龍丸さん、慌てしゃんな、慌てしゃんな。奥さん、しっかりして下さいよ。」

と、繰り返すので、私や母が笑いましたら、

「ああ、これで安心した。案外、二人とも落着いて居られるので、安心した。これで来たかいがあった。」

と嘆息しました。

（杉山龍丸『わが父・夢野久作』）

悲痛から哄笑にかわるこの場面転換は、さながら夢野久作の文学のひとこまである。

第三部　作品の活動

Ⅸ　意味の増殖と磨滅

1

福岡においても、東京においても、夢野久作は、自分の名刺に父の名が肩書として刷りこまれている人として迎えられた。それが、彼に苦痛をあたえ、その故にあえて「夢野久作」と名のったのであろう。そのペンネームを採用する前に、大正六（一九一七）年に「沙門萠圓」という署名で、父の主宰する台華社から出していた『黒白』という雑誌に、「謡曲黒白談」をのせた。このころには、彼の著作は、父・杉山茂丸の著作とのつながりで読まれていただろう。

『黒白』は、雑誌黒白発行所、発行兼編集人廣崎栄太郎、大正六年三月創刊の時は四八ページ、拾銭、福岡県立図書館杉山文庫にのこっている最終号は大正十年一月発行で八八ページ、拾五銭であり、内容が政談、講話、新作義太夫であるのと対照的に挿絵とカットはハイカラで、むしろビアズリー風と言ってよく、おそらくはデザイナー杉山泰道の工夫だったろう。

創刊の辞は、無署名ながら杉山茂丸筆と思われる。これがほとんど後年の夢野久作を思わせ、茂丸―久作を流れるひとすじの思想の流儀があることを思わせる。

設(けだ)し徒(いたず)らに黒白の論に拘泥して、其終局を知らずんば、恰(あたか)も日夜の晴明を論じて是非を処せんとする者に同じ、其愚も亦甚しと云ふべし。往昔(おうせき)十字軍の時、ゼルサレムの野に一枚の楯板の直立せるを見る。時に東西より武士一人宛忽然として来り、其楯の前に佇(ちょ)立(りつ)し、甲武士曰く、此楯の白き事雪の如しと、乙武士之を聞き大笑して曰く、何ぞ甲武士の虚罔(きょもう)なる哉(かな)、此楯の黒き事漆(うるし)の如しと。是に於て甲は雪白を主張して乙を盲目なりと嘲り、乙は漆黒を絶叫して甲を黒白を弁ぜずと罵り、遂に一場修羅の闘争を開始す。時に偶々丙武士北方より来りて其間に坐し、双互の主張を聴取し、啞然天を仰いで大笑す。甲乙両武士更に激怒して丙武士を囲み、武人を嘲弄すること此(かく)の如くんば、我等二人力を併せて先づ汝を刺し、而して後更らに黒白を争ふべしと、劔を按じて双方よ

> り切迫す。丙武士尚ほ笑を忍んで曰く、両武士暫く怒りを止めよ、君等は各東西の一面より此楯を凝視す、故に此争あるなり。乞ふ各先づ位置を換へて之を一見せよ、此楯は両面各黒白の制を異にす、何ぞ其査察の粗漫にして其争を起すの早急なる哉と。是に於て甲乙丙の三武士は楯を擁して一同に大笑せりと。蓋し之を以て神経亢進の痴漢が各基本を解せずして争を為す者を訓戒するの寓言となす。今の世に於ける各政党の争議正さに此の如きものなき乎。
> 今や汝等が発刊せんとする雑誌黒白の議論は、請ふ須らく此楯の論たるを免れん事を努むべしと。需めに因つて聊か発刊の辞一篇を草す矣。

『黒白』は、シベリア出兵後のニコラエフスクの日本人殺害についても、ロシア側の記事を翻訳紹介して、革命ロシアが鬼畜のごとくであるというふうに世論をあおることをおさえている。シベリア出兵当時先例をやぶって莫大な軍事機密費が出たり、シベリアで取りあげた金塊および武器の行方がわからなくなったりしたことは大正九（一九二〇）年から大正十一（一九二二）年まで陸軍大臣官房付陸軍二等主計だった三瓶修治が当時の陸軍大臣陸軍大将田中義一ならびに当時の陸軍次官、後の陸軍大臣陸軍大将山梨半造を公金八百万円余の横領について大正十五年三月付で告訴し、このことは国会で中野正剛のとりあげるところとなった。『黒白』編集局ならびに台華社はことがあかるみに出る前の時期にこのことを話題にしたことはうたがいなく、この下級官僚への罪のきせかた、高官のにげかた（田中はやがて政友会総裁、首相。山梨は朝鮮総督となるが、収賄罪をのがれることはできなかった）は、やがて夢野久作の『氷の涯』に転用される。執筆のさいに作者は、九州在住のシベリア帰還兵から取材して作品に現実性をあたえた。しかしそのみなもとは台華社での非公開の耳学問であり、台華社が夢野久作を益した一例である。

　夢野久作はこの雑誌に萠圓泰道の名で「探偵小説・呉井嬢次」（改題して「蠟人形」）、「傀儡師（くぐつし）」をのせ、前者は『暗黒公使（ダーク・ミニスター）』の原型、後者は『ドグラ・マグラ』の原型となる。たしかにここから考えてゆくと『ドグラ・マグラ』は二十年かけた作品である。今読んでみると、筆のはこびはなめらかで、とくに対話に活気があり、当時の大衆小説とおなじように読ませる。作者はおそらく、このまま文壇に出ることができるという自負心を二十歳代の青年としてもっていたと思われるし、その根拠は十分にある。しかし、その後の家出と放浪、農園経営と田舎ずまいが、彼の中央文壇入りをおしとどめたことが、彼の文学を孤立させ独特のものとする力となった。

　今日から見て、夢野久作研究に重要なのは、父茂丸の新作義太夫とならんで、萠圓泰道の謡曲と能についての所感がこの『黒白』誌上で読めることである。

　謡曲と能とは、幼少のころからなくなるまで夢野久作とともにあった芸術上の手本であり、それは明治後期から大正・昭和にむけて高位の人たちとむすびついて上等の芸術となった謡曲と能とを手本とするのではなく、梅津只圓の生涯におけるように、士の志をもって生きるシロウトがそれなりにきびしくきたえて芸をたもつ道を本格とした。この点で、東京に本拠をおく喜多流とその指令に服する福岡の喜多流との双方に対し、ちがう意見をもっていた。しかし、後の家元の喜多実やその実兄後藤得三とは親しくまじわり自作の小説を読んでもらい、稽古もつけてもらっていた。その父で当時の家元喜多六平太に対しては、その芸格に崇拝に近い感情をもっており、久作の死に近く、昭和十年の日記に次の記事が見える。

十一月二十四日日曜

喜多でお能。大蛇。三井寺。乱。六平太先生の乱を見て胸が一パイになり立上るのがイヤになる。一生涯かゝっても六平太先生の乱ほどの探偵小説は書けず。

（杉山龍丸編『夢野久作の日記』）

自分の小説の手本に、喜多六平太の老年（この老年は久作の死以後もながくつづくのだが）の「乱」をおいていた。

私は、杉山龍丸氏に生前最後に会った時、こんな話をきいた。ききまちがいがあるかもしれないが許してほしい。ある武士が師にあたる人の危篤をきいて見舞に行ったが許されなかった。彼は門前にたって心をこめて謡をうたった。すると、病人は気力をとりもどして、平癒したという。

「わかりますか?」

と龍丸氏はたずねた。杉山茂丸―泰道―龍丸とながれる、ひとつの手本だったのだろうと思う。

梅津只圓においては、士の志をもつ普通の生活者(きわめて貧しくとも)の身につける芸としての能から、夢野久作にあっては、能が上昇する以前にそのもとにあった田楽や雑芸との関連をきりはなして能を考えることがなく、その故に彼の作品にあほだら経やでろれん祭文や博多にわかや乞食芸人がくりかえしあらわれて小説の基調をととのえる。

2

『九州日報』に入社してから、童話をさかんに書いている。長男龍丸、二男鉄児がうまれており、やがて三男参緑がうまれる。こどもたちに即興ではなすたのしみが、童話の創作の動機となった。それにくわえてうまれ故郷の地方紙に書くという条件は、東京の流行にあわせず自分の思うままに書く作風を彼にあたえた。

今、福岡県立図書館でみられる『九州日報』は、夢野久作がここにつとめていた大正九

（一九二〇）年から大正十三（一九二四）年にかけて意外にハイカラな新聞であり、その家庭面に夢野久作は自分の家庭ではなす童話を自由に書かせてもらっていた（芸能面でも萠圓の名で書き、各地の能楽師からおそわってシロウトの演じる能を「緊張する民衆芸術」と位置づけている。それはおそらく各人の生活におとずれる結婚式と葬式にむかって、自分の身ごなしを準備するはたらきをもっていた）。「オシャベリ姫」、「茶目九郎」、「お菓子の大舞踏会」、「水飲み巡礼」、「人が喰べ度い」、「ゾクゾク姫」などその数五一篇、なかでも雄篇は「白髪小僧」であり、中島河太郎によると、

話を聞きたがる少女が書物を手に入れ、その中にある話と現実とが次第に交錯して、夢と現実の境界が定かでない手法が、「ドグラ・マグラ」的で、作者独自の説話体文章の先駆が窺(うかが)われる。

（中島河太郎「夢野久作登場——日本推理小説史」『推理界』一九六九年十一月号、西原和海編『夢野久作の世界』平河出版、一九七五年所収）

童話を書いていると探偵小説になり、探偵小説を書こうとすると童話（オトギバナシ）になるというのは、夢野久作自身の自覚する彼のくせだった。不随意筋がはたらいて、どうもそうなってしまうらしい。

大下宇陀児が追悼文「多種多面な夢野久作」(『山羊鬚編集長(夢野久作傑作集(1))』一九三七年の解説、西原和海編『夢野久作ワンダーランド』沖積舎、一九八八年所収)の中に全文引用している夢野久作筆「書けない探偵小説」は、自分の書きたいと思う探偵小説のすじを五つならべたあとに、つけくわえて、

何かと書いて来るうちに、お約束の六枚になつた。ところで読返してみると、これが即ち探偵小説と申上げ得るものはタダの一つも無い。みんな大人のお伽話みたいな心理描写ばつかりである。

……ハテナ……

俺は一体、何を書きたがつてゐるのだらう。

(「書けない探偵小説」『ぷろふいる』一九三四年十一月号)

こんなふうにこどもむきのオトギバナシからはみだしてしまった「白髪小僧」は、藍丸国王がのろいをうけて白髪小僧にされ、かわりに権力者が国王となって国は大いに乱れ、白髪小僧がふたたび登場して自治が回復するという童話である。

山本巌は、この童話に、夢野久作の天皇の理想があらわれていると見ている。

『白髪小僧』の中の、イチョウの葉に書かれていたという「石神の歌」は、久作が創造した「国造り神話」だとみてよい。数万年の眠りから覚めた大男＝死神は、この世が人ひとりいない、一木一草もない暗黒の世界であることに動転し、絶望した。彼が自分の体を自らバラバラにしたのはその絶望の故である。そしてその体の各部分から人、草木、鳥獣魚が生まれて「藍丸国」が出来た。

その国民はみんな正直に働いたので、国王は、「広い国中何一つ、御気にかかった事もなく」ただうつらうつらとしていれば国は無事に治まった、という。久作が日記に記した、英雄も学者も国士、政治家、富豪もいない「天子様」と「何でも無い只の人間」だけの国とは、この藍丸国のことではないか。とすれば、藍丸国王こそ久作の「天皇」イメージなのだ。（山本巖『夢野久作の場所』葦書房、一九八六年）

そのうまれかわりである白髪小僧はうまれつきの馬鹿で、いつもニコニコしており、ものをもらってもおじぎをせず、あまれば他人にくれて、けっしてためない。彼はみずから生産しないが、民衆の下位に身をおいて、無為のものとして生きる。

渡辺京二「夢野久作の出自」（『日本読書新聞』一九七七年一月一日、西原和海編『夢野久作ワンダーランド』所収）によれば、筑前あるいは筑後には、天皇についてのこういう学統が存在していたそうで、権藤成卿もそれと無縁でないという。葦津珍彦も、杉山茂丸・夢野久作と近しいひとである。

久作は、この天皇像を現実の天皇に当てはめようとしたのではない。彼は確かにある種の天皇信仰者ではあるのだが、現実の天皇には関心が薄かったように思える。大正十五年十二月二十五日の日記には「陛下薨去」と一行だけ書き、続けて「終日、狂人の原稿（「狂人の解放治療」—引用者注）書き」とある。（同前）

こういう長篇童話をきかされるこどもたちはその細部に心をうばわれただろうが、なんとなくつながりをうけとることができたのは、母親であり、妹たちだっただろう。

九州の男たちの間には、幕末だけでなく現在も、東京にせめのぼって天下をとろうという志がのこっており、そういう志をともにする男たち中心の話が多いが、夢野久作は、天下とりだった父にたいする批判から、天下とりを断念する道をえらんだ人にふさわしく、女のきき手にめぐまれていた。それはひとつには、彼の文体が、男の文体としてはめずらしく、肉体をそなえていたからで、このことは、話芸によってくらしている桂米朝と清水邦夫、緑魔子の久作論がよく特長をとらえている。（桂米朝「はなし家夢野久作」西原和海編『夢野久作ワンダーランド』、清水邦夫「己れ自身についての暗いレッスン」西原和海編『夢野久作の世界』、緑魔子「あたしと夢野久作」『彷書月刊』一九八六年、西原和海編『夢野久作ワンダ

ーランド』所収）

生涯にわたるきき手はクラ夫人で、はじめに童話から探偵小説にうつって陰惨な殺しに出会った時には失望したらしいが（夢野久作「所感」『新青年』一九二六年十月号、西原和海編『夢野久作の世界』所収）、結局『ドグラ・マグラ』に十年にわたってつきあって、辛抱づよいきき手となった。（杉山くら「ドグラ・マグラ執筆中の思い出」『探偵作家クラブ会報』一九五二年十二月号、同前）

夢野久作の作品には女性が主人公として活躍するものが多く、その一つはノッポで「火星の女」とアダナされる女学生が男を追いつめる『少女地獄』（黒白書房、一九三六年）であり、『夢野久作ワンダーランド』のアンケートを見ると、久作の全作品の中で好きなものの三つの中にこれをあげている人が二十二人中五人もいる。『少女地獄』は、もてあました自分を焼くことにしかアイデンティティを見出せないことの薄気味悪さととりくんだものだと、脇明子は言う。さらに「狂人は笑う」、「キチガイ地獄」の異常な熱弁にふれて、

正気とはおそらくもっと口を閉すこと、意味に還元することなく見ることであろう。

（脇明子「夢野久作——意識の地獄の幽霊」『國文學』一九七四年八月号、西原和海編『夢野久作の世界』所収）

と夢野久作の作品についての感想をのべる。

おなじ九州の水俣市出身の谷川雁によると、夢野久作ときくと思いだすものは、「北部九州の人心に存在する『千年王国』」であるという。夢野久作をふくめて多くの北九州の男がそれを説き、多くの北九州の女が黙ってそれをきくという、共感と共生が、そこにあったのだろう。

3

「あやかしの鼓」を夢野久作名で出した雑誌『新青年』は、その後、死にいたるまで、彼が読者と出会う主な舞台となった。

『新青年』（一九二〇―五〇）は、堅実な地方青年むきの雑誌として、博文館から発行された。初代編集長は、おなじ博文館から出ていた『冒険世界』の編集部にいた森下雨村である。

ところが、雑誌は読者層によってつくりかえられるもので、『新青年』は博文館社主の意図に反して、武俠もの作家押川春浪を主筆としていた『冒険世界』のあとつぎにはならず、大正半ばから昭和初期の都会のモダン文化を支える工房となった。創刊の年が、日本の探偵小説の翻案家・作家だった黒岩涙香の死亡の年だったことは、歴史の皮肉であり、涙香のように主人公の名を日本人名におきかえることなく、もとの名前で読者にとおすだけのハイカラ趣味が当時の読者大衆の間にできていたこともてつだって、涙香以後の新しい探偵小説の主な発表の場となった。（江口雄輔「『新青年』とその時代」『ユリイカ』一九八七年九月号）

全国農村の堅実な読者層は、社長の期待したようには、この雑誌につかなかった。初代森下雨村、二代横溝正史、三代延原謙についで四代目の編集長となる水谷準は今も健在で、当時を回想する。

昭和六年頃がピークで、三万部くらいだったですね。五万にふやそうと、いろいろとりあげたけれども逆に売れなくなりましてね。

（「水谷準氏に聞く」『新青年』研究会編、『新青年読本・全一巻』作品社、一九八八年）

読者層については、

それがつかめなかったですね。やっぱり東京のサラリーマンでしょうね。女の人もだいぶいた。東京では出せばその日に売れちゃう。三万部のうち半分は東京で、あとの半分が地方。でも地方はほとんど返ってくるんです。妙な売れ方していましたね。

（同前）

地方に出してもおおかたもどってくるこの雑誌の少数の読者の一人が、夢野久作だった。

この雑誌の編集長には、森下雨村、横溝正史、延原謙、水谷準と探偵小説好きがつづいた。登場する作家には、小酒井不木、江戸川乱歩、甲賀三郎、大下宇陀児、小栗虫太郎、木々高太郎など本格の探偵小説を書く人たちが多く、その間に夢野久作の作品がおかれると、場ちがいの感じをまぬかれない。

「あやかしの鼓」が二等当選した時の選評をみると、江戸川乱歩、甲賀三郎、平林初之輔、小酒井不木、延原謙、森下雨村のうち、すぐれた作としたのは甲賀三郎、小酒井不木、延原謙の三氏で、あとの三氏は不満ながらという形でようやくこの作を推した。江戸川乱歩の評は、しっかりと読んだ上での批判で、彼の探偵小説観がよくあらわれている。

これはどうも私には感心出来ません。他の人々が第一の佳作として推奨してゐられると聞き、少々意外に思つた程です。念の為に二度読んで見たのですが、やつぱり駄目です。私にはこの作のよさは分りません。どつちかといへば芸術家肌のもので、私の柄としては「窓」（山本禾太郎著―引用者注）よりも好きでなければならない種類の作品ですが、たゞ幼稚な所が目について、どう考へ直しても推奨すべき長所が理解出来ないのです。これはひよつとしたら作が悪いのでなくて、私自身の頭がどうかしてゐるのかも知れません。さうでもなければ、他の人々があんなにほめる筈がないのですから。

ある人はスケールが大きいといひました。なる程スケールは大きい。併し、大きければ大きい丈け作の不出来は目立つ訳です。第一人物が一人も書けていない。どの人物もその心持を理解することが出来ない。少しも準備のない、出たとこ勝負でちよつとばかり達者な緞帳芝居を見ている感じです。

一例を上げますと、主人公が鶴原家へ使ひに行つて、実は彼の兄である所の書生と逢つて話す部分、あすこの書生の気違ひじみた態度の描写は、全体の中でも出色の出来栄えだと思ふのですが、後に至つて、実は正気だつたことになり、高林家の若主人だと名のり、二人が手を取り合つて泣く、あれで折角の感興が滅茶々々です。若主人が何の為に気違ひの真似をしなければならなかつたのか、馬鹿々々しい様な気がします。のみならず、手をとり合つて泣く程の誠意を見せながら、彼は主人公の実の兄だといふことをまだ隠してゐるのです。それもなぜ隠してゐなければならなかつたのか。解釈に苦しみます。

又彼は弟が子爵夫人にもてあそばれようとするのを見て、弟を救ふ為に夫人を殺害するのですが、それ程弟を思ふ彼が、何故先に呼び出しの手紙を書いたのでせう。当時は自分の身変りを立てる意向だつたらしく見えるではありませんか。

これ等は凡て鼓のさせる業だといふのでせうか。たゝりにしても余りに気まぐれな廻りくどいたゝりではありませんか。（ルビ―引用者）

（江戸川乱歩「当選作所感」西原和海編『夢野久作の世界』。この本で、他の選者ならびに夢野久作の所感の全文を読むことができる。乱歩の評ももっと長い。）

乱歩の批判は、「あやかしの鼓」のほころびをよく見ている。だが、それだけには終らない。前の批判につづけて、

右は一例に過ぎません。かうしたこじつけみたいなものが、作全体に満ちて居ります。お伽噺ならお伽噺で書き様もありませう。（実際に夢野久作はそれまではおとぎばなしを次から次へと書いていた。―引用者注）お伽噺でもなく、現実味にも乏しく、妙に受けとれない作品です。ある人はそれを鏡花に書かせたらといひましたが、鏡花の名文だつて、この筋ではこなせないかも知れません。私としては選外「最初の検死」などの方が無難な丈けでも、この作よりはいゝと思ふのですが。「鼓」の作者よ怒つてはいけません。この非難は前にも云つた通り、私の頭がどうかしてゐるせいかも知れませんし、

> それに、他の人達がほめるものだから、無意識に悪い所を誇張した点がないとも限らないのですから。では少しいゝ所を探して見ませうか。
> 　この作の取柄(とりえ)は、全体に漲(みなぎ)つてゐる気違ひめいた味です。（気違ひで一貫すればいゝのを、実は正気であつたりするのが困るのです。）さういふ味は可也(かなり)豊富に持つてゐる人だと思ひます。この調子で、もつと深くつき進み、筋の運び方、人物の描写に上達されたら、すばらしいものが出来上るかも知れません。その意味では「窓」なんかに比べて将来のある作者かも知れません。鼓の知識は本物らしく見えます。他の人々はこの点を買ひ過ぎたのではないでせうか。
> 　以上余りにも正直な所感であります。自分のつたない作品は棚に上げて、生意気な妄評、平に御許し下さい。　（ルビ―引用者）

さすがに乱歩だ、非難をこえて、この作家の未来への道をさぐりあてている。

そして三年後、一九二九年の『新青年』に乱歩は「新春劈頭(へきとう)の感想」をたのまれて、次のように書く。

> 　今(いま)新青年正月号を受取つて、巻頭の夢野久作氏の「押絵の奇蹟」を読了したところである。外(ほか)のは一つもまだ読んでゐないけれど、「押絵の奇蹟」にひどくうたれたので、

その感銘を失ふことを恐れ、他の作を読む前に、この文章を書き初めた。私は批評家ではないから、批評をしようとは思はぬ。たゞ、深くもうたれたといふことを、何等かの形で、作者及びこの作の読者諸君に告げ度いと思ふのだ。

延原（謙—引用者注）、水谷（準—引用者注）両君から、この作が正月号の呼物であり、仲々いいものだとは、兼ねて聞知つてゐたが、雑誌を受取つても、私は直ぐには読まなんだ。少し長いのと、私は子供だから、自分の作がのつてゐる雑誌の他人の作を読む為には、一寸気を鎮める様にしなければならなかつたからである。私は漫画や阿呆宮を長い間見てゐた。そして読み出した。初めの間は、何か少し同業者に対する、かすかな反感でも残つてゐたのであるか、気がはひらぬ様であつたが、二三頁読むと、グッと惹きつけられてしまつた。これは予期以上にいゝものだぞ、といふ戦慄の様なものが、胸をしめた。（戦慄とは大袈裟であるが、私は、実際の出来事ではそんなものをひと程は感じぬのだが、音楽だとか劇だとか小説などには、人一倍感じ易くて、一寸した事にも震へ出したり、涙ぐんだり、熱を出したりする男である。それは恥かしいことではあるかも知れない。）私は読みながら、度々ため息をついた。本当に脈が少し早まりさへしたかも知れない。「これはどうだ」「これはどうだ」と心の中で叫び続けてゐた。おしまひまで読んで、何の邪魔なものも出て来なんだ。無解決の結びも、この種のものにはふさはしく、快かつた。

（『江戸川乱歩「『押絵の奇蹟』読後」西原和海編『夢野久作の世界』所収）

例をいくつか引いて、文章をほめる。「探偵小説壇には珍らしい名文」という。読んでいて、明治時代の『小公子』の訳者若松賤子の文章を思いだしたそうである。

品があつて情味深く、正しい言葉使ひが、どうやらあの女訳者の筆に似てゐる様に思つたのだ。

乱歩は三年前夢野久作の出世作に酷評をくわえたことを忘れてはいない。

私は嘗つて、この作者の「あやかしの鼓」といふ小説を選したことがあつて、その時の選評には、他の人々が多く賞讃してゐたにも拘らず、私丈け「ごまかし物みたいだ」と云つて、けなしたことを思出す。一体原稿で読むのと活字で読むのとでは、ひどく感じの違ふ場合があるものだから、私もその誤りを犯したのかと思ふが、それにしても、あの小説の全体の構想は、私の嫌ひな神秘的な迷信めいた部分が多かつたからにもしろ、どうもチグハグで、嘘（うそ）つ八（ぱち）らしくて、や丶鏡花風のものでゐて、その癖（くせ）鏡花程の味など迚（とて）も出てゐない、兎（と）も角（かく）何かしら全体として有機的な感じを欠いてゐる様に思はれた。活字になつてから読直してはゐないけれど、今でも多分間違ひはないと信じてゐる。作者の感想が聞きたいと思ふ。尤も、さういふ以前の関係があるので、私はこの「押絵」の方に、人一倍感心したのかも知れないのだが。（ルビ―引用者）

この感銘は批評家乱歩にとってだけでなく、作家乱歩にとっても、その創作の震源地までとどくほどの力をもっていた。

私は「押絵」を読みながら思つたことである。私も予告では「押絵と旅する男」を書くことになつてゐたが、それを書かないでいゝことをしたと。何故といつて、私の「押絵」はその構想だけでも、遠くこの「押絵」に及ばぬものであつたのだから。（三日夜記）

しかし乱歩はやがて「押絵と旅する男」を書くのである。しかも、それは、乱歩の全著作中の最高の作のひとつとなる。そのことにふれる前に、乱歩の落筆をおしとどめた夢野久作の「押絵の奇蹟」にふれなくてはならない。

あれから後、お便り一つ致しませずに姿をかくしました失礼のほど、どんなにか思し召しておいでになりますでしょう。どう致しましたらばお詫びが叶いましょうかと思いますと胸が一パイになりまして、悲しい情ない思いに心が弱って行くばかりで御座いました。

この小説も、他の多くの夢野久作の小説のように、一人称の語りである。主人公は二十三歳の女性で、博多うまれ。父は維新後、扶持をはなれ、妻の手仕事で一家がくらしている。その仕事は、押絵で、羽子板などの上におく。ある時、裕福な注文主が、当地をおとずれる歌舞伎役者中村半太夫の「阿古屋の琴責め」を押絵にしてほしいといっておとずれ、一家はまねかれ、母は六日つづけて芝居にかよい、押絵を仕上げた。押絵は評判になって、注文主の家に見物がおしよせるので、注文主は困って、櫛田神社の絵馬堂にあげた。人びとがみるうちに、うわさがひろがった。うまれたこども（主人公）の顔形が、絵馬の中村半太夫そっくりだというのである。それをあてこすった数え唄がひろがり、ある日、父は逆上して母をきりころし、自分も切腹して果てた。その時あやまって母とともにきられた傷が、娘に今ものこっている。

その後、娘は東京の高等学校にゆきピアニストとなったが、演奏中に喀血して入院する。その演奏会に、西洋音楽ぎらいでとおる歌舞伎役者中村半次郎（半太夫の子）がきていたという。半次郎は、女主人公と同年の二十三歳。うまれた時にすぐに産婆にそだてられ、歌舞伎役者のところにおくられて、そだったのではないか。自分の母は切られる時、不義密通はないと言っていたが、心がかようことで、子が、思われ人の似姿になることはないのか。

芝居で見る中村半次郎は、女の私が半次郎の父半太夫に似ているように、私の母にいきうつしだった。しかもおなじ病気が二人をむすびつける。

中村半次郎様と私とは、お話にきいた事のある夫婦児だったに違いない。一人はお母様に似て、一人はお父様（中村半太夫）に似た双生児だったに違いない。そうしてお母様は私達二人をお生みになると間もなく、お父様に知れないように男の子の方を本当のお父様の処へお遣りになったので、そんなことを何もかも引き受けてお手伝いしたのは、あのオセキ婆さん（産婆）だったに違いない。

胎児として十ケ月くらしている状態が夫婦であるという原状への回帰をねがう長い恋文である。

しかし、もし母の最後の言葉が事実であり密通がなかったとしたら、と彼女は考える。

けれどももしそうで御座いませんでしたならば、お兄様と私とが、血を分けた兄妹で

御座いませんでしたならば……ホントウにあなたのお父様と、私のお母様の、せつない
お心の形見で御座いましたならば……。

今一度お眼にかかりたい……と思いますと、私はまたしても狂おしい心地にせめられ
ます。けれども、このような思いすらも、お二方の恋の気高さに比べますと、お恥かし
い、汚らわしいもののように思われまして……。

普通の推理小説のように、終りに一つの解決に達しない、この終りかたは、江戸川乱歩
をつよく動かした。押絵についての自分の作品を一度は断念した乱歩は、気をとりなおし
て「押絵と旅する男」（一九二九年）を書いた。
この小説もまた一人称の語りである。

この話が私の夢か私の一時的狂気の幻でなかったなら、あの押絵と旅をしていた男こ
そ狂人であったに違いない。
たしかにこれは、江戸川乱歩が夢野久作と出会ったという事実の文学上の証言である。

だが、夢が時として、どこかこの世界と喰いちがった別の世界をチラリとのぞかせてくれるように、また、狂人が、われわれのまったく感じえぬものごとを見たり聞いたりすると同じに、これは私が、不可思議な大気のレンズ仕掛け（じか）を通して、一刹那（いっせつな）、この世の視野のそとにある別の世界の一隅を、ふと隙見（すきみ）したのであったかもしれない。（ルビ―引用者）

主人公は魚津へ蜃気楼（しんきろう）を見に行ったかえりに、汽車の中で、初老の男にあう。おそらく蜃気楼が大空にえがく転倒した世界が、主人公にまだ魔力をはたらかせていたのにちがいない。その男は、親不知（おやしらず）の断崖を通過する時に、絵の額のようなものを窓にたてかけて絵に景色を見せていた。それから丁寧に風呂敷で、その額をつつんで、自分のそばにたてかけた。

主人公は、わからない力にひかれて、その男のそばに行くと、男は、大風呂敷をほどいて、絵を見せてくれた。

額（がく）には、歌舞伎芝居の御殿（ごてん）の背景みたいに、いくつもの部屋を打ち抜（ぶぬ）いて、極度の遠近法で、青畳（あおだたみ）と格天井（ごうてんじょう）がはるか向こうの方までつづいているような光景が、藍（あい）を主とした泥絵具で毒々しく塗りつけてあった。左手の前方には、墨黒々（すみくろぐろ）と不細工な書院風の窓が描かれ、おなじ色の文机が、その前に角度を無視した描き方で据えてあった。それらの背景は、あの絵馬札の絵の独特な画風に似ていたといえば、いちばんよくわかるであろうか。

その背景の中に、一尺ぐらいの背丈の二人の人物が浮き出していた。浮き出していたというのは、その人物だけが、押絵細工でできていたからである。黒ビロードの古風な洋服を着た白髪の老人が、窮屈そうにすわっていると（不思議なことには、その容貌が髪の白いのをのぞくと、額の持ち主の老人にそのままなばかりか、着ている洋服の仕立方までそっくりであった）、緋鹿の子の振袖に黒繻子の帯のうつりのよい十七、八の水のたれるような結い綿の美少女が、なんともいえぬ嬌羞を含んで、その老人の洋服の膝にしなだれかかっている、いわば芝居の濡れ場に類する画面であった。

主人公をおどろかせたのは、背景の粗雑さにひきかえ、押絵の細工の精巧なことで、ほとんど、実物の人間を縮尺したように見えることだった。

初老の男は、黒革のケースから双眼鏡をとりだして、それで額を見るようにさそった。焦点があうと、押絵の娘は、実物大のひとりの生きた娘としてうごきはじめた。

その相手の老人にめがねをむけると、その男は、さも幸福そうな形でありながら、その何百筋ものしわの底で、苦しげな表情をあらわしていた。

双眼鏡から目をはなすと、相客は、額のゆかりを話した。

「あれらは、生きておりましたろう」

明治二十八（一八九五）年に、兄があんなになりました。兄は浅草の十二階によく行くようになり、そこからこの遠めがねで景色を見るうちに、美しい娘を見そめてふぬけのようになった。父母にたのまれて兄についていった自分を、ある日、兄がついに見つけたといって連れていったところは、のぞきからくりで、吉祥寺の書院に八百屋お七が出ていた、そして、

「ああ、いいことを思いついた。お前、この遠目がねをさかさにして、大きなガラス玉の方を眼にあてて、そこから私を見ておくれでないか」。

言われたようにして見ると、兄の姿は一尺くらいに小さくなってハッキリと闇の中に浮いて見えた。その男はそのまま歩いて、闇の中に消えた。

兄を求めてつかれて、もとの場所にもどり、念のためにのぞきからくりを見ると、兄は押絵になって、カンテラの光の中で、吉三のかわりに、うれしそうな顔をして、お七をだきしめていた。

父母にねだってお金をもらってそののぞき絵を手にいれ、箱根から鎌倉のほうへ旅をした。兄たちに新婚旅行をさせてやりたかったからだ。

それから三十余年たって、弟の自分は今は富山に住んでいるが、今度は、かわった東京

の景色を見せてやりたいと旅をしているのだという。

ところが、あなた、悲しいことには、娘の方は、いくら生きているとはいえ、もともと人のこしらえたものですから、年をとるということがありませんけれど、兄の方は、押絵になっても、それは無理やり姿を変えたまでで、根が寿命のある人間のことですから、私たちと同じように年をとって参ります。ごらんくださいまし、二十五歳の美少年であった兄が、もうあのようにしらがになって、顔にはみにくい皺が寄ってしまいました。兄の身にとっては、どんなに悲しいことでございましょう。相手の娘はいつまでも若くて美しいのに、自分ばかりが汚なく老い込んで行くのですもの、恐ろしいことです。兄は悲しげな顔をしております。数年以前から、いつもあんな苦しそうな顔をしております。

それを思うと、私は兄が気の毒でしょうがないのでございますよ。

やがて、親類のところにとまると言っておりていった相客のうしろ姿を見ると、それは押絵の老人そのままの姿であった。彼は、簡略な柵のところで、駅員に切符をわたしたかと見ると、そのまま、背後の闇の中へ溶けこむように消えた。

この最後の場面は、はじまりの蜃気楼の描写とあいまって、押絵が人生か、人生が押絵か、ふとあやぶむ時のあるような、転倒の感覚をつたえる。

昭和十一年に夢野久作がなくなって、あくる年の一周忌に、江戸川乱歩は「夢野久作氏とその作品」と題して、四十分にわたる講演をおこなった。

この講演によると、『あやかしの鼓』については前夜再読したが、意見はかわらないそうであり、よいと思う作は『瓶詰地獄』、『死後の恋』、『人の顔』、『斜坑』、『白菊』、『殺人リレー』など。なかでもきわだっている作品は『押絵の奇蹟』と『氷の涯』であるという。

『ドグラ・マグラ』については、どうもよくわからないという。

夢野君の書かれた狂気の世界は、狂人自身が書いた狂気の世界で、文学者が書いた狂気の世界ではないといふやうなところがある。

（江戸川乱歩「夢野久作氏とその作品」『探偵春秋』一九三七年五月号、西原和海編『夢野久作の世界』所収）

この久作批判は、乱歩の「押絵と旅する男」が、正常人である第三者の語りでつらぬかれているのと、『ドグラ・マグラ』の語りが狂人自身の語りであるのとのちがいをさしており、乱歩の文学観によると、文学とは、正常人の語りのもつ、ととのった形をそなえるべきものとされる。久作の文学は、むしろ、文学のらち外にはみだす、実際の行動であると見ている。
乱歩は、久作を、おなじく九州出身の北原白秋の『邪宗門』に似た作品をのこした詩人であるとし、好きな作を「猟奇歌」から読みあげた。

　ずつと前殺した友へ
　根気よく年賀状を出す
　愚かなる吾(われ)

　病死した友の代りに返事した
　先生は知らずに
　出席簿を閉ぢた

　秋まひる静かな山路に
　堪へ兼ねて追剝(おいはぎ)を
　した人は居ないか

死刑囚は
遂に動かずなり行けど
梅檀(せんだん)の樹(き)の蟬は啼(な)きやまず

よそのオヂサンが
汽車に轢(ひ)かれて死んでたよ
帰つて来ないお父さんかと思つたよ

夢野久作としての処女作を乱歩に緞帳芝居と批評されたことは、久作にとって、こたえた。言いはなたれた悪口でなく、文章の実例をあげての批評だったから、その後の彼が乱歩を有力な読者とする『新青年』に寄稿するたびに、乱歩の眼を心において、文章をけずって形をととのえたことは、たしかだ。『あやかしの鼓』と時をおなじくして構想された「狂人」が「精神生理学」となり、さらに『ドグラ・マグラ』となり、十二、三回も書き改められたのは、出発にあたっての乱歩のするどい批評の影響と思われる。

しかし、大アクビがつづけて出るように、シャックリがとまらなくなるように、何度書き改めても、端正な形をはみだす不随意筋の運動が、夢野久作にはおこる。

田舎の青年である彼は、『新青年』をとおしてアガサ・クリスティーなどの欧米探偵小説の型を知ったが、その型を学習して西洋風の探偵小説家の型におさまらぬところに夢野久作の文学の魅力があった。夢野久作の死後、『新青年』の仲間の探偵小説家の書いた追悼文を読むと、この夢野久作の作風を、同時代の同業者は見きわめていた。

江戸川乱歩の記念講演のむすびをひくと、彼はまず「この故に探偵小説は現在の如く、ほかの芸術のアパートに間借りして、小さくなつて生活すべき性質のものではない。近い将来に於て、過去の一切の芸術を圧倒し、圧殺して、芸術の全アパートを占有し奔放自在に荒れまはるであらうところの最も新しい芸術の萌芽でなければならぬ」(夢野久作「甲賀三郎氏に答う」『ぷろふいる』一九三五年十月号)を引いて、次のように言う。

かう云ふ見方も、或意味では面白いのでありますが、夢野君はさう云ふ風に探偵小説といふものをひどく大きく考へた、吾々の中の最大の闘士ではなかつたかと思ひます。

(江戸川乱歩「夢野久作氏とその作品」)

このように、同時代の同僚は、夢野久作の作風を見きわめた。しかし、その作風を自分の心の糧とするには、別の世代を待たねばならなかった。

4

夢野久作の「あやかしの鼓」、「押絵の奇蹟」、「氷の涯」をのせた雑誌『新青年』は、最盛期には三万部から五万部出版されて、十数万人の読者を得た。単行本『犬神博士』と『ドグラ・マグラ』は数千部出版されて、これは一万人くらいの読者に読まれただろう。昭和しかしこの二つの著作は、久作の死後ほとんど新聞や雑誌にとりあげられなかった。昭和十三（一九三八）年から昭和二十（一九四五）年まで、夢野久作について論じた文章に出会ったことがない。しかしこの時代にも、おそらくは古本屋で夢野久作の本に出会って読んだ人はいただろうし、そのころには古い雑誌は貴重なものでまわし読みされていたから、読んでいる人はいた。この時代の夢野久作の読者は同時代の批評家の指示なしに、自分で選んで読んだ人たちである。

昭和十三（一九三八）年一月三日、女優岡田嘉子は杉本良吉（死刑とつたえられる）とともに樺太の国境をこえてソ連に亡命した。この事件は当時の新聞に大きく報道され、日本人の心をかこいこむはたらきをした。精神の鎖国の時代が来ていた。それに対して越境を試みるものがいたということは、それをあえてしないものの境涯をきわだたせた。

夢野久作の越境小説『氷の涯』が思い出されて読まれたのは、このころである。右翼の巨頭の息子であるこの作家の小説が、右翼勢力による鎖国下の日本にうがたれた窓になるというのは歴史の皮肉であるが、『氷の涯』だけでなく、『ドグラ・マグラ』ももうひとつの窓で、久作の作品には鎖国とあらがう力があった。

鎖国の中でもうひとつの鎖国状態をつくって時勢に対抗していた一高出身のマチネ・ポエティクの仲間だった福永武彦（一九一八―七九）は、福岡の生まれということもてつだって、博多弁から別天地をつくりだす夢野久作の作品にひかれた。

> 　しかし三人（江戸川乱歩、小栗虫太郎、夢野久作―引用者注）のうち最も独創的な一人をあげるとすれば、私は（主観的であることを承知の上で）敢て夢野久作を選びたい。乱歩や虫太郎の幻覚が謂わば人工的、作為的であるのに対して、夢野久作の想像力はおのずから聯想につれて滾々と溢れ出す無尽蔵の源泉を持ち、そこからあの饒舌な語り口――博多弁の独特の風味によって味つけされている――に乗って、端倪すべからざるあやかしの世界が生れて来る。例えば長篇「ドグラ・マグラ」、このような奇抜で底の深い魂の曼陀羅を描いた作品が、日本のみならず外国の文学にも果してあっただろうか。そこには江戸川乱歩のような猟奇性もなく、小栗虫太郎のようなペダントリイや論理癖もない。ひたすら渾沌とした中有の世界とも言うべきものが、時間空間を無視して展開する。純文学とか大衆文学とかの境を越えた、我が国では稀な神秘的な作品と言い得よ

う。そして彼の神秘思想たるや、短篇の「あやかしの鼓」「鉄鎚」「押絵の奇蹟」などにも共通するもので、現実のような幻のような、正気のような狂気のような世界を、およそ玄妙な驚くべき文体で、糸をつむぐように繰り出して行く。私が昔この作家に魅了されたのは、此所にはない彼方への彼の凝視のレアリテイによってであった。

と言っても私は夢野久作の作品をすべて読んだわけではない、しかも読んだのは若年の頃である。しかしその時の印象は今に至っても消えず、久しくその全作品に対して一種の憧憬の念を抱いていた。（ルビ―引用者）

（福永武彦「夢野久作頌」―「『夢野久作全集』刊行をめぐって」三一書房、一九六九年二月、西原和海編『夢野久作の世界』所収）

福永武彦も戦後に探偵小説を書いたが、おなじく戦後に推理小説作家としてあらわれた中田耕治（一九二七―二〇二一）の回想によると、

ある文学作品を読んで、それがまるで自分のために書かれたような気がすることがある。私にとっては、たとえばドストエフスキーがそうだったが、少年時代に濫読したミステリーでは、小栗虫太郎と夢野久作に熱中したのだった。

戦争中、小栗虫太郎の旧作や夢野久作を読むことに文学少年らしいプレシオジテがあ

ったにちがいないのだが、この二人の作家からうけた衝撃は非常に大きなものだった。そしてそれはもう決してそのままのかたちでは蘇ってこないのだが、夢野久作の作品を読み返したとき心にうかぶものは、少年の日の感動とそれほど違ったものではない。これは当然のことのような気もするが、たいていの純文学作家の作品ではこうはいかない。戦前の名作と呼ばれたもので、現在どれだけの作品が読むに耐えるだろうか。

このことは逆説的だが、夢野久作の作品の魅力をしめしている。歳月を経て読み返した作品に、それまでと違った印象や感動をうけるのは別にめずらしいことではないが、ひとたび読者の素直な気もちにたち返ってみると、これはどうも奇怪なことに思われる。読者は、かつて読んだときの感動をもう一度蘇らせたい願いをもって再読するにちがいない。そのとき、たとえば横光利一の『寝園』や『家族会議』がほとんど読むに耐えず、小栗虫太郎の諸作や夢野久作が、その作品の異様な姿のなかに時代の緊張をすら反映しているのはどういうことなのか。批評家は、このあたりの事情をふり返ってみる必要があるように思われる。

夢野久作の作品は、私にとって、まずグロテスクな世界として出現した。私のうけた衝撃は、暗い驚愕と、いわば苦痛にみちた戦慄にほかならない。

（中田耕治「少年の日の暗い衝撃と戦慄」西原和海編『夢野久作の世界』所収）

戦時の日本は、日本自身の過去・現在・未来を理想化し、今すすめている戦争を美しくかざりたてた。新聞も雑誌も、そういう記事でみちており、学術的論文も小説も詩も、これにならった。しかし、戦争そのものは人間同士の殺しあいであり、グロテスクなものである。前線につれられてゆくものは、やがて事実とむかいあう。しかし、やがてくる動員を前にして、そのことを感じるもの、動員されたものを身近にもつものの中には、事柄のグロテスクな側面を感じる人もいた。偶然手にすることのできた夢野久作の旧作は、現在のグロテスクな側面とむきあう手がかりをあたえた。同時代の新聞雑誌と学業とが、そういう手がかりをあたえないのと対照をなしていた。このことは、夢野久作が、国家主義運動の指導者（彼の父を含む）とちがうところから、シベリア出兵その他の軍事行動を見ていたことを示す。だからこそ、彼の作品は戦時下の少年の心にとどくことができたのだ。

中田耕治の感想にもどると、彼は夢野久作が人間のグロテスクな側面ととりくんだ作品として『瓶詰地獄』の兄妹相姦をあげる。代表作として『押絵の奇蹟』、『氷の涯』の他に、パルチザンによるロシア廃帝と皇女たちの銃殺の場面を含む『死後の恋』をあげる。『犬神博士』については国家主義運動へ父杉山茂丸と別の角度から接していることを認める。『ドグラ・マグラ』は失敗作と見ている。

狭隘な想像力しかゆるされなかった昭和初期の文学のなかに、夢野久作の孤独で困難

> な姿勢を見るとき、やはり一個のまぎれもない作家の軌跡をうかがうことができるのだが、これを怪奇と幻想にのみ偏奇したロマンティシズムと呼ぶとき、批評は遂に誤るだろう。むしろ、現実に対峙しつつ、その現実を越えて、奔放華麗な想像世界を築きあげようとした孤独な力業（ちからわざ）と見るべきなのだ。その緊張が作家に強い（し）たものは無残な挫折であった。
>
> 私は『ドグラ・マグラ』に、ある痛切な呻吟（しんぎん）をすら聞きとる。（ルビ―引用者）

戦時下の少年が、夢野久作の昭和初期の作品からききわけたのは、あがきの文学としてのうったえだった。その精神の境位は、日本の新聞雑誌ラジオ、文学者と学者たちがこぞって政府と合体して唱和するなかでとりのこされ、なおもそれにあらがって生きようとする孤独なひとり、ひとりにとどく前世代からの伝声管だった。

中井英夫（一九二二―九三）は、中学校一年生の時に『ドグラ・マグラ』を読んだという。ひとりで見つけて読んだのではなく、この本に熱中する仲間がいて、すすめられたのだそうだ。

夢野久作全集の内容見本を見ていて、へえと思ったのは、著名な作家や評論家の何人かが、たいへん率直に、夢野はよく知らないとか、『ドグラ・マグラ』は読んでいないとか書いていることだった。あれが出た一九三五年に、私は中学一年だったが、級友たちのあいだでも、まあとにかく読んでごらんよ、これを知らなくちゃという雰囲気だったし、それはちょうど前々年の『キング・コング』か、さらにその前の『黄金仮面』の登場にも似た、話題騒然という有様だったから、私の年代以上のひとは何となくみんな読んでいるものだと、いままで思いこんでいたのである。

そんな仲間のひとりが、押しつけるように貸してくれた、ずっしりと厚い『ドグラ・マグラ』は、一夜、私を灰いろの狂院のくまぐまにまで案内し、懇篤に狂気の正当性を教えてくれた。

（中井英夫「狂気のあかし――ドグラ・マグラ頌」
『夢野久作全集』第4巻月報、三一書房、一九六九年）

中井英夫は旧制府立高校を仮卒業したところで学徒出陣の命令で陸軍の兵士となり、一九四三年から五年にかけて市ケ谷の陸軍参謀本部に勤務した。その間につけた日記は『彼方より』という題で戦後刊行された。以下は戦争末期の所感。

（一九四五年）

夢や涙や、少女のやうな感傷に囚はれがちな人にあつては、ルソン島に敵さらに上陸、体当り、斬り込み、神風特攻隊、震天制空隊といった血なまぐさい現実は、プロメテの肉をつつく怪鳥にもひとしく感ぜられるであらう。鎖が非人間的な、それでゐて合法的な武器だといふならば、それを断ち切る刀はあくまでも人間的な武器であらねばならぬし、その刀は、いまこそ我らの手にとらねばならぬものなのだ。現実の怪鳥は、いま思想の自由といふ臓腑さへも喰ひちらさうとしてゐる。しばらくは小さく固くそれを閉ざし、ひとつの祈念の貝殻にこめてしまはう。貝殻の光芒は、非力な我々に、予言と希望とをささやくだらうから。

失はれた都市の建設。たつたひとりの石工ではあるけれども、それなり出来上つたものは偉大であり、またこれこそ自己自身への帰一なのだ。

（中井英夫『彼方より　中井英夫初期作品集』深夜叢書社、一九七一年）

自分自身がひとりの狂人ではないかとのうたがいをのこしつつ、自分をとりまく集団の狂気を見きわめてそれにまきこまれまいと、自らのからの中にとじこもる姿勢は、『ドグラ・マグラ』の主人公と相通じる。それは、自分ひとりがさめていて、外の全員が狂気だと断罪する精神とはちがって、おそらくは獄中の共産党員、大本教信徒、灯台社信徒とちがう、精神のありかである。

中井英夫はやがて戦後に長篇推理小説『虚無への供物』を書き、短篇幻想連続小説『とらんぷ譚』を書く。『とらんぷ譚』のはじまりにおかれる「火星植物園」は精神病院にとじこめられたひとりの男がこの地上に火星とおなじ気圧と温度を設けて植物をそだてる話で、この男は私には、『ドグラ・マグラ』からぬけ出した主人公の後日談であるように感じられる。

5

占領の年月は、夢野久作を呼びおこすことがなかった。久作の作品への関心があらわれるのは、権力批判の運動が大衆の間からおこり、それが敗北した一九六〇年以後のことである。西原和海の言葉を引くなら。

ただ、ここで確認しておかねばならないのは、戦後史を明確に二分した、あの一九六〇年ということがなければ、夢野久作は、現在あるようなかたちでは決して甦ってこなかったであろうということである。六〇年反安保闘争敗北後の〝闇のなかの後退戦〟ともよばれた凄まじい落ち潮のなかにあって、私たちが、個々それぞれの立つ自らの場所に於て、芸術的・政治的抵抗の思想的拠点を模索し、構築していかねばならなかったとき、その六〇年代思想の空白を狙うかの如くして、夢野久作は三〇年代の闇のなかから片脚を踏み出してきたのであった。

（西原和海「夢野久作こそ我が同時代者」西原和海編『夢野久作の世界』所収）

占領時代の米国司令部発表の「真相はこうだ」というラジオ放送や東京裁判による近代日本史をそのままうけいれて、現代をさばく気分になれないものは、日本にいた。獄中にあって政府に屈しないで十数年をすごして社会にふたたびあらわれた共産党指導者は、戦前とおなじく、ソヴィエト共産党の日本状勢分析を科学的真理として、それをかざして同時代の日本人にむかい、空前の同調者を学生大衆の中に得た。だが、その立場に同調し得ないものもいた。ソヴィエト共産党であれ、日本共産党であれ、その他の独立左翼の前衛党であれ、その指導部の状勢分析をそのままうけいれて、現状に適用し、現状をきりひらくために一心不乱にはたらくという思想の型が問いなおされる気運が、それまで反権力闘争に熱中する若い知識人の間におこった。

夢野久作の著作（その多くは古本屋でさがしても見つけるのはむずかしかった）を読む新しいうごきが、そこからうまれた。ゆるぎない真理の一点に自分は達したというところから考えをくりひろげる学生運動の思考類型の対蹠地点にあるものが夢野久作である。

一九三〇年代の学生運動は、政府のむきだしの暴力と家族への配慮とから転向し、ひとたび転向すると戦前の社会規制のなかで、日本の国体（実は政府）のゆるぎない真理をうけいれて、その真理に口をあわせて話したり書いたりしなくてはならなくなった。一九六〇年以後は、その道をとおった人は少ない。その道へと誘導する人として、夢野久作がたっていたわけではない。もともと彼が生きていた一九三〇年代においても、彼はその役割をひきうけた人ではない。そうでなかったら、どうして、国体明徴への要求のかまびすしい時期に次のような探偵小説論を書いたのか。

あらゆる虚栄と虚飾に傲る功利道徳と科学文化の荘厳……燦爛として眼を眩ます科学文化の外観を掻き破つて、そのドン底に萎縮し藻掻いてゐる小さな虫のやうな人間性……在るか無いかわからない超顕微鏡的な良心を絶大の恐怖、戦慄にまで暴露して行く其の痛快味、深刻味、凄惨味を心ゆくまで玩味させるところの最も大衆的な読物でなければならぬ。

（夢野久作「甲賀三郎氏に答う」）

この呼び声にこたえるものは同時代の年少読者の中にわずかながらいたが、その読者が大きな少数派となってあらわれるのは久作死後三十年近くを経てからだった。

一九六〇年に学生だった平岡正明（一九四一―二〇〇九）は、夢野久作に自分が関心をもったいとぐちを、次のように書く。

かくしていま一つのテーゼとそのアンチテーゼのひとかたまりに俺はみちびかれつつある。

その一。世の中、右を向いても左を見てもきちがいばかりじゃござんせんか。

その二。第一のテーゼは、正確には「世の中」というべきではなく、俺のまわりにはと限定すべきであり、そのように発言できる光栄を有する。なぜなら、最良の狂気が集中している状態におかれるほど俺はいまツイているのであり、ざまあみろというのは、キミのは細い、ろくなきちがいとも挨拶できないのがふつうだからだ。なにが必要なのか。理解できない思想が必要なのであり、頭の中に？印の十五も連続して点滅する精神の蛮地が必要なのだ。

（平岡正明「久作をろ過してファシズム論やるぞ、書評／狩々博士著『ドグラ・マグラの夢』」、西原和海編『夢野久作の世界』所収）

ひとつのきちがい状態にのりうつり、また別のきちがい状態にのりうつり、というのがこの「憑依の思想家」（岡庭昇）の方法で、この人が私の前にはじめて姿をあらわしたのは憑依の思想家の先駆者というべき森秀人の先導によってだった。この二人はそれぞれ別の場所（思想の科学研究会と京大校庭）で、裸おどりを演じることに、六〇年代への彼らのかかわりの意義を見出していた。観念の活字から眼をそらしてハダカの肉体から再出発するというのが彼らのメッセージであるらしかった。

当時、姿をかくして夢野久作の著書をあつめて、おそらく最初のまとまった久作論『ドグラ・マグラの夢』（三一書房、一九七一年）を書きおろした狩々博士に、書評の形で、平岡正明は、ファシズムへの共同研究を呼びかけている。それは一九四五年の敗戦以後のファシズム研究が、主として回想の次元（レッドフィールド）からなされたもので、用意したわくの中で管理する仕事となり、「期待の次元」においてこれからおこることへのかけの面でとらえなおそうという意欲がなかった、そのことへの適切な批判だった。

松本俊夫（一九三二―二〇一七）は、東大入学の時には医学のコースをえらび、精神病をまなぼうとしていた。しかし文学部にかわって、シュールリアリズムに傾倒した。そのころは自然主義とか社会主義リアリズムが主流で、それをこわす視点をさがそうとした。そのころに手にしたのがハヤカワ・ミステリの『ドグラ・マグラ』で、一九五六年、大学を出た翌年だった。しかし、「頭の中が混乱していくことに一種の快感」をもったくらいだった。やがて一九六九年刊行の三一書房版『夢野久作全集』を、七〇年代に入ってから読んだ。

確かに「犬神博士」も、土着的エネルギーの横溢した雄大な作品だと思いますが、自分が映画を撮るとなると、これはもう『ドグラ・マグラ』しかありませんでした。あの混沌とした迷宮世界、こちらがわの認識の座標が絶えずぐらつかされる、その驚きとスリル……といったことですね。わたしはこれまでに『薔薇の葬列』や『修羅』などを撮ってきましたし、それ以前にはピランデルロをもとにした芝居をやったりもしていますが、それらの仕事と今回の映画とは、モチーフの上では自分なりに一貫した共通性があったと思います。

（松本俊夫インタヴュー「映画『ドグラ・マグラ』は発熱する」、西原和海編『夢野久作ワンダーランド』所収）

きき手（西原和海）の問いにこたえて、松本俊夫は言う。

この世界の表と裏とが幾重にも反転し、その錯乱の中にもう一つの異相の世界が現前してくる。そこに生じる恐怖感と、それと隣りあった官能的・痙攣（けいれん）的な美……

（同前）

松本俊夫監督の映画「ドグラ・マグラ」が封切りされたのは、一九八八年八月二十七日（土）、九州の湯布院映画祭においてで、夢野久作没後五十二年のことだった。舞台の設定は大正十五年だが、それは原作の構想がたてられた時の状況である。原作の出版は昭和十（一九三五）年で、昭和三年三月十五日の共産党一斉検挙から昭和十三年の自由主義者検挙に至る中間であり、昭和十二年の『世界文化』同人の検挙においては和田洋一によれば取調べにさいして潜在意識までさばかれるという時代であるから、自由に夢みるという権利さえはばかられていた。その時代に狂人の夢は、舞台の中央におかれる。

映画は、精神病院の個室ではじまる。自分の名前さえ知らない青年に、たくみな誘導によってよびもどされる過去の回想、それはまず遠い先祖が唐代におかした性犯罪の記憶の断片だった。しかし別の誘導をもってすれば、どのような記憶でも、よみがえらせることができるではないか、このスキマにたがいに深い愛憎によって学生のころから教授になるまでむすびつけられている法医学教授と精神医学教授がつけいる余地がある。二人のうちのどちらが悪者か、両方か、見る者は、判断のゆれ動きの中におかれる。犯人とされる患者は、観客として映画館に入った当人である。

自分に罪はあるのか？　やはりあったのか？

ここ（生存）にとじこめられている自分には、罪をのがれる道はあるのか？

自分自身の人生にかかわる根本問題を観客は暗闇の中で手さぐりする。

ドグラ・マグラ　一九八八年作品

監督　松本俊夫
原作　夢野久作
脚本　松本俊夫・大和屋竺
撮影　鈴木達夫
美術　木村威夫・斉藤岩男
音楽　三宅榛名
照明　海野義雄
録音　菊地進平
編集　吉田博
助監督　佐々木伯
製作担当　長田忠彦
プロデューサー　柴田秀司・清水一夫（他）
制作　株式会社　活人堂シネマ
キャスト
正木博士（九州医科大学精神科教授）桂枝雀
若林博士（同大学法医学教授）室田日出男

呉　一郎（記憶喪失の青年）　松田洋治
呉モヨ子（殺された花嫁？）　三沢恵里
呉八代子（一郎の伯母　千世子の姉）　江波杏子
呉千世子（一郎の母）　小林かおり

役柄は、正木博士に落語家桂枝雀を起用するところからはじまったという。桂枝雀は、この役を恐れていなかった。医大教室でアホダラ経で講義をするところは、教室の学生たちだけでなく、観客をものせるだけの芸であった。
この場面。患者呉一郎が、医大教室で精神病について講義するところからはじまる。若林博士の理論をよく教えこまれているので、患者は真にせまる演技で、精神病未経験の学生を圧倒する。

一郎「だから、よく発明狂とか何々キチガイとか呼ばれている人たちは、だいたいこの仲間に入るわけで、特にここの主任の正木先生なんぞは、キチガイ狂のキチガイ博士である。」（学生たち爆笑）
間髪いれずそこに当の正木教授が異形の乞食坊主姿で木魚をたたきつつ教室に乱入。おどりながら、正木「あー、たとえいかなる名医じゃとても……」

学生たちは大よろこびで手拍子足拍子で椅子や机の上でおどりだす。

やがて場面は転換し、個室にうつされた呉一郎は、精神病についての自分の講義をつづける。

一郎「ま、そんなわけで、僕は正木博士にアンポンタン・ポカン博士とあだ名をちょうだいしてしまったが、要は脳髄のために人間が存在しているのか、人間のために脳髄が設けられているのか、そのあたりをとことん反省してかからないと、神の座を奪った脳髄ロボットは、やがて人類はおろか、地球そのものまでもメチャクチャにしてしまうことは眼に見えている。だからそうならないように、僕はこの〈物を考える脳髄〉を地べたに叩きつけて、足で踏みつぶしてしまうから、よーく見ておくように。……エイッ……ウーン……」

一郎、頭から脳髄をつかんでゆかにたたきつけ、足でふみつぶすしぐさをして、ひっくりかえる。

個室の外からノゾキ窓で見ている正木博士は、

正木「……どうだ、おもしろいだろう。」

ここのところは映画らしい場面で、映画という様式のつよさがあらわれている。自分の脳味噌を自分でとりだして、大地にたたきつけたいという衝動。この衝動を、人の眼にふれるようにする、すぐれた場面となった。

正木博士考案の狂人解放治療場は、精神病院だけでなく、大学を、そして人類社会をこれと二重うつしにして見せる重要な場面である。

松本俊夫「ポイントになったのは解放治療場ですけど、これがなくって困ったんですよ。すでに廃墟となった砂利の集積所みたいなものを利用して、若干そこに美術的な加工をしました。特に、真ん中に仏像の頭みたいなものを置きまして……。」

中野翠「あれは小説の中に全然出てこないですね。アイデアですよね。」

松本「僕が巨大な頭を置こうって言ったら、木村（威夫）さんが、ガンダーラかなんかの仏像の頭がいいって、それをカポック（発砲スチロール）で作ったんです。

（松本俊夫・中野翠対談「ねじれた時間」『ドグラ・マグラ』シネセゾン、一九八八年十月十五日）

そして自分の殺人現場を、それを見おろす大学の窓から博士とともに患者が見つづける。

そこを腕力でねじふせるように、カメラマンはワンカットでとった。

この映画に伴奏するのは桂枝雀の笑いであり、落語家の笑いと科学者の笑いとをおなじものに見たてていて、不気味である。

そんな科学はやめてください、と叫ぶ少しも暴力的でない弱々しい患者の声が、私の中に尾をひいてのこった。

6

一九七〇年代に入って、日本の社会は整備されてきて、その影響は夢野久作研究にまで及んだ。

夢野久作の著作にはつねに冗長な部分があって、それが作風になっている。その冗長な部分、文学作品の形からはみだしたと見られる部分が、七〇年代に入ってから、学際的研究者の関心をあつめた。

松田修は、折口信夫の零落した神々についての伝統の中に、夢野久作の『犬神博士』を位置づける。

おそれずいえば、チイ＝犬神博士とは、神そのものであった。日本の最も伝統的な神の像（イコン）の最も零落した姿であった。

（松田修「『犬神博士』における神なるもの」角川文庫『犬神博士』解説、一九七四年七月）

その神観は夢野久作一個のものでなく、その背後に、日本の神々の葬列がぬりこめられていると言う。

日本の神は両性具有である。日本武尊が女装して熊襲を討伐する。彼は神である故に流浪し辛苦しなければならない。義経＝牛若丸においても、天草の乱の指導者とされた美少年天草四郎においてもおなじである。曲亭馬琴はこの側面に注目して『近世説美少年録』を書いた。『南総里見八犬伝』においても、主人公のひとり犬塚信乃は女装してそだてられている。夢野久作の『犬神博士』も犬塚の文脈で「犬神」と命名されたのではないかと松田は言う。「神」としての超能力は少年であるあいだだけで、犬神博士も超人鬚野博士も、神としての超能力はその少年期にかぎられ、老いてはかわりものの乞食になる。老年期の姿においては、夢野久作はわざと和歌山県田辺に住む南方熊楠の像を重ねた、と言う。南方の博覧強記は、犬神博士、鬚野博士がその老年においてさえ保持したものである。

少年の神チイは、はたして筑豊炭坑をめぐる危機を打開できたのか。夢野久作は、その結果を書かない。彼が関心をもつのは、少年チイが、右翼・左翼の固定観念のわくをくずして、難局に素手で入ってゆくところにある。『犬神博士』はこの一段で終ることによって小説のわくをふみこえた喚起力をもつ。

松田修は、少年チイが刺青の俠客大友親分をしたがえているところから、刺青史の文脈へ、また神々が零落して旅芸人となるというところから芸能史の文脈へと話を転じる。さらに博多の方言とのつながりをたどって、『犬神博士』だけでなく『ドグラ・マグラ』もまた社会言語学の視角から分析する道もひらける。

『氷の涯』にくりひろげられたシベリア出兵にまつわる公金費消と『ドグラ・マグラ』のすじがきとなる九大医学部のあらそいとは、大正年間の流言の歴史とむすびつけて分析できるし、杉山茂丸らの浪人と中野正剛のつながりをしらべることで大正政治史の一局面に光をあてるいとぐちともなろう。夢野久作の中に「文化人類学」という言葉があらわれるのは、山口昌男によれば、西村真次の著作の影響だそうで、そのつながりは、夢野が西村の引用をとおしてさまざまの文化人類学者のフィールドワークからうけた刺激を考えさせる。

亡命したドイツ人映画史家クラカウアーの『カリガリからヒトラーへ』に並行して、大正期にドイツ映画ローベルト・ヴィーネ監督「カリガリ博士」（一九一九年）を見た夢野久作が、その示唆をどのようにそだてたかをたどる狩々博士は、夢野久作の想像力に刺激をあたえたものとして、「カリガリ博士」だけでなく、ルヴェルの「ある精神錯乱者」、ポオの「うず潮」、「瓶の中の手記」「ナンタケット島出身のアーサー・ゴードン・ピムの物語」にふれている。狩々博士によると、夢野久作の作品は、さまざまの可能な映画の原型として読めるそうで、『ドグラ・マグラ』を別格として（これについては映画化をおことわりするそうであるが）、『犬神博士』、『空を飛ぶパラソル』、『押絵の奇蹟』、『白髪小僧』、『書けない探偵小説』があげられ、とくに『斜坑』（これは久作が紫村一重から取材して書いた）が大切だとする。

　狂気は最高の英知である。「自分の夢想を描こうと欲する者こそは、限りなく眼覚めていなければならない」のだ。アルチュウのアラン・ポオに対するに、久作における奈良漬の苦悶がある。

（狩々博士「カリガリから夢野久作まで」『映画批評』一九七二年二月、西原和海編『夢野久作の世界』所収）

　同時代の世界文学の中に夢野久作の作品をおいて分析する試みは、一九六〇年代の終りから七〇年代、八〇年代の日本でなされている。

　由良君美は、マルセル・プルウスト、アンドレ・ジッド、フランツ・カフカ、エリアス・カネッティ、ヘルマン・ブロッホ、ローベルト・ムジールさらにミシェル・フーコーとの作品上の親縁を見出して、夢野久作の脳髄地獄とその幻想都市への退行を分析した。

（由良君美『風狂虎の巻』青土社、一九八三年）

天沢退二郎はモンサラット『非情の海』と対比して、夢野久作『幽霊と推進機（スクリュウ）』、『難船小僧（S・O・S・BOY）』に光をあて、海のもたらす夢の記憶への混入を分析した。（天沢退二郎「エクリチュールの航海」『現代詩手帖』一九七〇年五月号、西原和海編『夢野久作の世界』所収）

笠井潔は、彼自身の占領下民主主義への孤独の反抗と北一輝の右翼革命思想への退避、やがて参加する学生運動のテロリズムへの観念的上昇の双方を自己分析することをとおして、夢野久作の『ドグラ・マグラ』の中に、革命運動の自己をくいやぶって自滅までおもむくしくみそのものへの洞察を読みとる。

もしも観念（＝内面）を破壊しうるとしたら、それは観念（＝内面）の自壊を方法化することによってのみ可能だろう。このような方法を「ディコンストラクションの戦略」と呼んでみてもかわまないが、夢野がこの方法を自覚的に提出したのは半世紀以上も前のことである。

（笠井潔「観念と循環する意識」『物語のウロボロス』筑摩書房、一九八八年）

先端からの分析にたえるのが、七〇年代、八〇年代に新しく発見された夢野久作の作品の側面である。同時に、夢野久作がその作品をつくる力をくみだしてきたもとの文化は、一九六〇年代以後の日本全土においておとろえていった。かつて彼の祖父を支えた乞食の勤王の精神は、今日の日本では、その衰亡の自覚をもつ人さえまれである。彼が師事してその伝記を書いた梅津只圓のような、中央からとおくはなれたところにあって、中央にゆずらぬ芸格を保つ人もまたまれである。天地の中心である地域という感じ方をもつ人が、今の日本では少なくなっており、中央都市に司令塔をもつテレビの視聴率が王座を占めている。

7

福岡の西日本新聞記者山本巖の著書『夢野久作の場所』は、夢野久作の仕事の全体をえがくのに、まず「いなか、の、じけん」（一九二七―三〇年）という短篇連作をもってする。

その中の「一ぷく三杯」の主人公は六十代の老女で、鎮守様のおまつりの晩に不思議な死に方をした。自分の腰ひもでのどをしめられ、その結び目のまわりが血だらけになるほど、かきむしられている。ぬすまれたものはなく、外から賊が入ったあともない。殺人事件として巡査（よそ者）がしらべたが、殺人の動機も犯人の見当もつかない。

しかし、村人（うち者）は、やすやすと推理した。この老女は村一番のケチで、食うものも食わずに貯金をしているという評判であり、村のよりあいがあると、前の晩から飯をくわずに出席し、まず飯を七、八杯たべてタバコを一服し、さらに三杯たべる。鎮守の祭りで、彼女はまた「一ぷく三杯」をやった。あまり食べたので、家にもどったあと、口から食べ物が出そうになり、もったいなくて彼女は自分で自分の首をしめた。いきがつまって、ひもをとこうとしたがとけなくて、胸をかきむしって死んだ。

そと者の推理ではむらの事件がとけないことに夢野久作は注目した。しかし、この事件は、地方と中央とを問わず、今日の飽食の日本ではおこらないだろう。平岡正明は、「夢野久作――なづけようもない作家」（三一書房版全集内容見本、一九六九年、西原和海編『夢野久作の世界』所収）の中でフランツ・ファノンを引いて、「全力をこめて私怨に身を投じ」た作品として、この「いなか、の、じけん」にふれている。夢野久作の作品の精神にふれることのできるものは、今日では、日本本土の住民ではなくて、日本の外にいる人であるとも考えられる。松本俊夫の「ドグラ・マグラ」のようなすぐれた映画が出来たのだから、映画、マンガ、絵画などをとおしてはありうることだが、この作品がよき翻訳にめぐまれるかどうかはうたがわしい。孤立したまま立って死んでゆく作品も、世界には数多くあるだろう。

夢野久作は、自分で自分の首をしめる装置として同時代の天皇制をえがいたのではない。無一物になった乞食の天皇という、自分を解放するまぼろしが、彼の内部に巣くっていた。山本巖によれば、『犬神博士』は、彼が少年チイをユートピアの支配者に見たてた小説である。二・二六事件の国家主義者の反乱を同時代の事件として見ながら、夢野久作は動くことはなかった。

久作が政治行動に出ることはない。彼は父茂丸との関係で自分に政治を禁じ、その政治思想を文学の中に閉じ込めた。が、閉じ込められた思想はより鋭く、より激しくなる。それが超能力を持った「アナキズムの天皇」として表現されたのではないか。

（山本巖『夢野久作の場所』）

夢野久作は、明治四十五年以来後藤隆之助の欲のない性格を高く評価していた。（後藤隆之助「杉山直樹に就いての思い出」葦書房版全集第三巻月報、一九八〇年）後藤が軍部をおさえる動機から一高の同級生だった近衛文麿をうごかしてつくった昭和塾と昭和研究会が、やがて近衛の優柔不断な性格の下に大政翼賛運動の母体となり後藤をおきざりにして軍国の波の中にのまれていったことを考えあわせると、杉山茂丸の死後に夢野久作の考えていた運動がどのような仕方で実現したかはわからない。しかし、実務につたない夢野久作の性格の故に小さいままにとどまるとしたら、彼のおこそうとした仕事も、あるいは時代に対してゆずらぬ数人の人を育てることができたかもしれない。夢野久作の実現できなかった計画について推測しても不確実なことしか言えない。確実なものは、のこされた作品だけである。

紫村一重の「故夢野先生を悼む」（『月刊探偵』一九三六年五月号）によると、夢野久作は昭和十一年二月十九日、東京にむかう車中で、紫村に、

「生活にゆとりが出来て、も少し落付いたら、もう一度日本歴史をしっかり読み直してみたい」

と語った。

紫村あての以前の手紙には、「私は、路傍の乞食同様に、只一本のペンの力で、世の人様から養つて貰はねばならぬ、をろかな者です。貴方は何処までも、その尊い、土の生活に、真実の自己を発見して下さい」とあった。

両者が、最後の日々に計画していたのは、郷里に農民道場をつくることだった。あと二、三日で帰郷しようとはなしあって、その日（昭和十一年三月十一日）の午前九時、紫村が渋谷道玄坂の郵便局に帰郷の電報をうちに行ってかえると、久作はなくなっていた。

唯、注意したい事は、先生の作風に於て昨年の十月を転機として著しく変られた事

で、賢明なる読者にはお気付の事と思ひますが、残念乍(ながら)色々の事情のもとに其後の作品はあまりありません。

（紫村一重「故夢野先生を悼む」西原和海編『夢野久作の世界』所収）

夢野久作の晩年の作品に「狂歌師　赤猪口兵衛」（未発表、三一書房版全集第6巻、一九六九年）がある。主人公「アカチョコベエ」は、もとは博多の荒物屋だったが、酒におぼれて一家は離散し、今は町はずれの森の隅に乞食小屋をたてて住み、仕事としてはシブうちわに狂歌を書いて売り、町を歩いてものごいをしたり、ゴミ箱をあさったりする非人狂歌師（作者の一つの理想）である。

彼の住む森の墓地で、両替商蔵元屋のひとり娘が胴をまっぷたつに切られて死んでいた。目あかし良助はアカチョコベエの智慧をかりる。

蔵元屋は表むきの繁盛とひきかえ内実は身代がかたむき、御禁制のバクチ場の開帳で支えており、そこに役人がからんでおり、娘の継母と代官所の役人とが色と欲に目がくらんで共謀して娘を殺したことが判明する。一件落着の後に役人にほめられたアカチョコベエは、

まったくで御座いますお殿様……人間は上から下を見ると何もわかりませぬもので

（中略）下から上を見上げまするると、何でも見透しに見えまする。へへへ。私はお蔭様で人間の中でも一番下におりまする仕合わせに……

とこたえる。晩年の作「巡査辞職」（『新青年』一九三五年十一・十二月号）ともあいつうじるところがある。最後の月日に夢野久作の構想していたのは最下層の大衆のひとりのきりひらく探偵小説である。ここから夢野久作は昭和十一年の日本を見ていた。

一九八八年十月十五日発行の西原和海編『夢野久作ワンダーランド』は、二十二人に質問して、夢野久作の作品中、すきなもの三つをあげるように言う。私が終り近くまでこの本を書いてきて、八〇年代の夢野久作の愛好者のあげている作品で、この本にとりあげることのできなかったものを、あげておくと、

「卵」
「暗黒公使（ダーク・ミニスター）」
「髪切虫」
「木魂（すだま）」

がある。「木魂」は私も好きな作品だが、ここまで書いてきた脈絡の中ではとらえきれない。私が見ても私のキャンヴァスを、夢野久作ははみ出している。

夢野久作は、意識の存在のはじめとおわりを書いた作家である。彼の作品は、ひとすじの放物線のように、一つの領域をかこいこみ、そこにてらしだされている今の自分をつつみこむ放物線外の闇を感じさせる。

『ドグラ・マグラ』になると、ひとすじの放物線というよりも、何者かの暴力によってこわれたガラス窓のように、ギザギザにこわれた時間を壁にして、話はすすみ、そしておわる。このこわれた時間は、原爆にうたれた人びとのもつ時間の感覚とあい通じる。おとした側にも、想像によって、そのような時間の感覚をもっていたものはいただろう。

日本人にとって、こわれた時間という感覚は、その後米国による占領においこまれて、健康と長寿と無限進歩という時間感覚に代替される。占領後も、ソ連のつくった原爆ならきれいだとか、中国のつくった原爆ならきれいだとか、政権本位に正当化された考え方がこの日本でもてあそばれた。精神病院にとじこめられて正木博士と若林博士というふたりの対立するカリスマ性をもつ医師にもてあそばれている患者呉一郎のおかれた状況に似ている。占領信仰・ソ連信仰・中国信仰からときはなたれた元信仰者の何人かに、夢野久作の作品がふれた時に、この作品はつよい光をはなった。

原爆をつくる側にあった人たちの間でも、英国人C・P・スノウは、『新しい人間たち』（一九五四年）の中で、二つ目の原子爆弾が長崎におとされた時の英国人科学者の絶望をうつしている。ちがう二個の原爆をもっていたからという理由で、双方の性能をためそうとする科学者の好奇心のはたらきについての絶望である。それは、精神病院でめざめた患者呉一郎が精神科医にせまる時の言葉とひびきあう。大衆は操作されて殺人ですでにみずからの手をよごしているかもしれない。しかし、自分たちの無垢をよそおわずに操作する指導者に対して、血ぬられた自分の手をかざして抗議する道はのこされている。

「脳髄論」を書いているうちに、自分が科学者になってその説をくりひろげている気分になったと、夢野久作は苦笑して一九二七年一月二十一日の日記に書いている。

脳に関する学説を小説にしつゝあるうちに、どうやら真実に思われ来れり。可笑しきものよ。

（杉山龍丸編『夢野久作の日記』）

書いている彼は、書いている間はその説を信じていただろう。その説を、その後の科学の発展（たとえばサイバネティクスや生命科学）を先どりしたものとして、評価することは、専門家ではない私の任ではない。

だが偶然、こどものころ、明治末発行のおなじ種本（丘浅次郎『進化論講話』）を読んで心をうばわれたひとりとして、夢野久作の脳髄論が、ドイツの生物学者エルンスト・ヘッケルの「個体発生は系統発生をくりかえす」という命題を背景にしていることはわかる。

それは、今では、遺伝子という考え方をくわえて、「個体発生の変化が系統発生を生じる」（ド・ビア）と訂正されているという。（養老孟司『脳の中の過程』）そのように、夢野久作の脳髄論は、こまかいところで、その後の科学の発展にうらがきされているとは言えない。彼は、大胆に、胎児が夢を見るとしたら、という前提をたてて、胎児の内部に自分をこじいれて夢を見た。それは、生命がみつづける夢であり、言語などのつけくわえる区分のあらわれる前の、大きくつよいリズムをもつ夢である。この嘘をつく方法によって、彼は、意識の歴史よりもさらにひろく、無意識の歴史とおなじひろがりをもつ小説の空間をつくった。生命が創造する司令塔の幅を、理屈によってせばめまいというのが、「夢野学説」によるせいいっぱいの主張だった。その方法によって今の私たちが考えるならば人間の世はすべてうまくゆくというのではない。むしろ生命こそが犯人だという推理が『ドグラ・マグラ』である。だからこそ胎児（久作の小説のつくった主人公）は未来を先どりして見て恐れているのだ。

生命の考え得るものよりも精密な思考は、人工脳髄によって可能となるかもしれない。人間よりも精密な思考にたえる人工脳髄に奉仕して、スマートなロボットの忠実な家来として、無器用な肉体をもつ人類が存続するかもしれず、その時、（非ロボットの）人間の心中には、自分たちは今、存在の必然性にしたがって生きているのみだという新しい理論がきざみこまれているだろう。そういう未来にあって、反逆するひとりの非ロボットとして、『ドグラ・マグラ』の主人公をおいてみたい気がする。

二十世紀の世界にふさわしい神道の外典・偽典を夢野久作は書いた。彼の著作は、九州博多の日常語を駆使して、人間の根本の問題にせまった。それより前に、九州のかくれキリシタンは、数百年の迫害にたえて自分たちの日常語で福音書を語りつたえたが、開国後に東京に各地からあつまった知識人は、（彼らが地方出身者であるにもかかわらずそれぞれの日常語を捨てて）日本産のキリスト教の外典・偽典をかえりみなかった。それにくらべると、戦後半世紀を待たずして、読者にめぐりあった夢野久作の作品は、日常語によってつくられた経典の外典・偽典としてそれほどながく忘れられてはいなかった。

あとがき

「おい、風呂に行こう」
と夢野久作は義弟（たみ子の夫、石井俊次）をよく銭湯にさそったそうである。そして
ひろい浴槽にのびのびとひたり、眼をほそくして、
「海漫々と分け入ればァー空は一つに雲の波ー」
などと、謡曲のひとくさりをうたった。（石井舜耳「怪物夢久の解剖」『ぷろふいる』一九
三六年二月・三月号）

九大に入院中に大出血をしてあぶなかった時、辞世の句を用意したそうだ。

われ死なば片見に残すものもなし
白雲悠々　山河遼々
（紫村一重「故夢野先生を悼む」『月刊探偵』一九三六年五月号）

そういう彼の理想は、若い時からのものであり、家出、放浪の時期をこえてひきつづき彼の心中にあった。日記の一九二七（昭和二）年七月二日に、仙崖和尚に会った夢を記している。久作が旅の僧からもらった漢詩と和歌とを仙崖和尚に示す。漢詩は略して和歌のほうは、

うみやまにたとへ此身(このみ)は果つるとも
草鞋(わらじ)のあとを　世にや残さん

仙崖和尚「フン。転結に力がない。とにかくあとに残してはイカンよ。ちょっと出がわるいと、はらってもはらってもあとが残るでな」

なくなる前の年、一九三五年一月元旦に、（このころ杉山茂丸はまだ生きていたが）家父垂訓の軸をかけて、夢野久作は家族および秘書紫村一重とぞうにをたべた。この軸は、

さとくして移るよりは、むしろおろかにして守るにしかず

と読める。それは杉山茂丸が一九一一（明治四十四）年に直接直樹（夢野久作）に書いてあたえた書で、茂丸自身の初志をあらわし、夢野久作の生涯において実現をみたものである。それは、この席にいた久作の長男龍丸の生涯にさらにいちじるしく実現した。彼は敗戦後、インドのガンジー塾の人たちを日本に呼ぶことや、インドにおもむいて砂漠緑地化の工夫をする仕事に熱中し、この財テクにいそがしい経済大国の中で、父ゆずりの三万坪の農園を手ばなし、財産を蕩尽した。私はこれを快挙と思う。

杉山龍丸氏とのつきあいは、一九六二年に私が夢野久作についての二十枚ほどの文章を書いたことにはじまる。雑誌『思想の科学』に書いたこの文章を、龍丸氏は弟の参緑氏から見せられ、私あてに手紙をおくられた。その後、彼が、私たちの小さい通信『声なき声のたより』（六〇年安保闘争にはじまるデモの連絡誌―この雑誌は安保闘争時代の無所有を記念して現在もここに発表されたものは自由に転載を許すきまりになっている）におくってこられた文章の全文をひいて、彼の志がどういうものであったかを記念したい。

ふたつの悲しみ

杉山龍丸

私たちは、第二次大戦から二十年たった今、直接被害のないベトナムの戦いを見て、私たちが失ったもの、その悲しみを、新しく考えることが、必要だと思います。

これは、私が経験したことです。

第二次大戦が終り、多くの日本の兵士が帰国して来る復員の事務についていた、ある暑い日の出来事でした。

私達は、毎日毎日訪ねて来る留守家族の人々に、貴方の息子さんは、御主人は亡くなった、死んだ、死んだ、死んだと伝える苦しい仕事をしていた。

留守家族の多くの人は、ほとんどやせおとろえ、ボロに等しい服装が多かった。

そこへ、ずんぐり肥った、立派な服装をした紳士が隣の友人のところへ来た。

隣は、ニューギニヤ派遣の係りであった。

その人は、

「ニューギニヤに行った、私の息子は？」と、名前を言って、たずねた。

友人は、帳簿をめくって、

「貴方の息子さんは、ニューギニヤのホーランジヤで戦死されておられます。」

と答えた。

その人は、その瞬間、眼をカッと開き口をピクッとふるわして、黙って立っていたが、くるっと向きをかえて帰って行かれた。

人が死んだということは、いくら経験しても、又くりかえしても、慣れるということはない。

いうこともまた、そばで聞くことも自分自身の内部に恐怖が走るものである。

それは意識以外の生理現象を起こす。

友人は言った後、しばらくして、パタンと帳簿を閉じ、頭を抱えた。

私は黙って、便所に立った。

そして階段のところに来た時、さっきの人が、階段の曲り角の広場の隅のくらがりに、白いパナマの帽子を顔に当てて壁板にもたれるように、たっていた。

瞬間、私は気分が悪いのかと思い、声をかけようとして、足を一段階段に下した時、その人の肩は、ブル、ブル、ふるえ、足もとに、したたり落ちた水滴のたまりがあるのに気づいた。

その水滴は、パナマ帽からあふれ、したたり落ちていた。

肩のふるえは、声をあげたいのを必死にこらえているものであった。

どれだけたったかわからないが、私はそっと、自分の部屋に引返した。

次の日、久し振りにほとんど留守家族が来ないので、やれやれとしているときふと気がつくと、私の机から頭だけ見えるくらいの少女が、チョコンと立って、私の顔をマヂ、マヂと見つめていた。

私が姿勢を正して、なにかを問いかけようとすると、

「あたち、小学校二年生なの。おとうちゃんは、フイリッピンに行ったの。おとうちゃんの名は、〇〇〇なの。いえには、おじいちゃんと、おばあちゃんがいるけど、たべものがわるいので、びょうきして、ねているの。

それで、それで、わたしに、この手紙をもって、おとうちゃんのことをきいておいでというので、あたし、きたの。」

顔中に汗をしたたらせて、一いきにこれだけいうと、大きく肩で息をした。

私はだまって机の上に差出した小さい手から葉書を見ると、復員局からの通知書があった。

住所は、東京都の中野であった。

私は帳簿をめくって、氏名のところを見ると、比島のルソンのバギオで、戦死になっていた。

「あなたのお父さんは――」

といいかけて、私は少女の顔を見た。

やせた、真黒な顔、伸びたオカッパの下に切れの長い眼を、一杯に開いて、私のくちびるをみつめていた。

私は少女に答えねばならぬ、答えねばならぬと体の中に走る戦慄を精一杯おさえて、どんな声で答えたかわからない。

「あなたのお父さんは、戦死しておられるのです。」

といって、声がつづかなくなった。

瞬間少女は、一杯に開いた眼を更にパッと開き、そして、わっと、べそをかきそうになった。

涙が、眼一ぱいにあふれそうになるのを必死にこらえていた。

それを見ている内に、私の眼に、涙があふれて、ほほをつたわりはじめた。

私の方が声をあげて泣きたくなった。

しかし、少女は、

「あたし、おじいちゃまからいわれて来たの。おとうちゃまが、戦死していたら、係のおじちゃまに、おとうちゃまの戦死したところと、戦死した、ぢょうきょう、ぢょうきょうですね、それを、かいて、もらっておいで、といわれたの。」

私はだまって、うなづいて、紙を出して、書こうとして、うつむいた瞬間、紙の上にポタ、ポタ、涙が落ちて、書けなくなった。
少女は、不思議そうに、私の顔をみつめていたのに困った。

やっと、書き終って、封筒に入れ、少女に渡すと、小さい手で、ポケットに大切にしまいこんで、腕で押さえて、うなだれた。

涙一滴、落さず、一声も声をあげなかった。

肩に手をやって、何かいおうと思い、顔をのぞき込むと、下くちびるを血がでるようにかみしめて、カッと眼を開いて肩で息をしていた。

私は、声を呑んで、しばらくして、

「おひとりで、帰れるの。」

と聞いた。

少女は、私の顔をみつめて、

「あたし、おじいちゃまに、いわれたの、泣いては、いけないって。

おじいちゃまから、おばあちゃまから、電車賃をもらって、電車を教えてもらったの。

だから、ゆけるね、となんども、なんども、いわれたの。」

と、あらためて、じぶんにいいきかせるように、こっくりと、私にうなづいてみせた。

私は、体中が熱くなってしまった。

帰る途中で、私に話した。

「あたし、いもうとが二人いるのよ。おかあさんも、しんだの。だから、あたしが、しっかりしなくては、ならないんだって。あたしは、泣いてはいけないんだって。」と、小さい手をひく私の手に、何度も何度も、いう言葉だけが、私の頭の中をぐるぐる廻っていた。

どうなるのであろうか、私は一体なんなのか、なにが出来るのか？

戦争は、大きな、大きな、なにかを奪った。

悲しみ以上のなにか、かけがえのないものを奪った。

私たちは、この二つのことから、この悲しみから、なにを考えるべきであろうか。

私たちはなにをなすべきであろうか。

声なき声は、そこにあると思う。

（『声なき声のたより』四十三号、一九六七年十一月二十日発行）

夢野久作の三男参緑氏は詩人であり、二男鉄児氏は養子にゆかれて三苫鉄児と言い、部落解放教育にうちこんでおられる。久作夫人杉山クラ氏は一九八七年になくなられ、龍丸氏は一九八八年になくなられた。

夢野久作の代表作『ドグラ・マグラ』は第一次世界大戦・シベリア出兵が作者の想像力

をかきたててうみだした小説で、その想像力の飛翔によって第二次世界大戦・原爆投下後の世界をも、一望のもとにとらえる。探偵小説としてのそのすじがきは、埴谷雄高の言うように「胎児の夢が真犯人」であるという先例のない形をとる。生命が真犯人と言いかえてもいい。この小説については、さまざまの解釈があるし、これからも新しくあらわれるだろう。私としては、モダンな方向にのみひきよせてゆくのでなく、この作品のひなびたところを大切にしたい。

夢野久作の出現当時、平林初之輔は『あやかしの鼓』の読後感として、

田舎のおばあさんからたはいもない土地の昔話をきくやうで一向たよりなかつた。

（『新青年』一九二六年六月号）

と言った。この批評を、まとはずれだと思わない。『いなか、の、じけん』を筆頭に夢野久作の他のさまざまの作品にもそういうおもむきがある、複雑精緻な『ドグラ・マグラ』にしても、その循環構造は案外に、もうろくの中におちこむ人間の自然のなりゆきであるかもしれない。こんな体験が夢野久作の創作の背後にはたらいていたと、私には思える。久作の祖母（幾茂の母か）が、一九一七（大正六）年現在九十三歳で中風気味で福岡の伯父の家でねているところに、久作は見舞いに行って謡をうたってなぐさめた。「富士

太鼓を」と所望するので、それをうたってうたいおさめると、二ツ切りの手拭いを顔におしあてて涙をぬぐい、

「あ、、久し振りで面白かつた。死んだ爺さんが生きてござつたらなあ……。今一つ聞かせて」

久作は自分が謡曲をはじめてからこれほどの感動を人にあたえたことがないので、ほこらしくて、今度は何をうたいましょうとたずねると、

「お前はあの富士太鼓を知つて居なさるかの」

「今うたいましたよ、それは」

「何をば」

「その富士太鼓をです」

「あ、、その富士太鼓、富士太鼓。わたしはようよう思いだした。死んだ爺さんがそれが大好きで、毎日毎日謡いござつた。あれをひとつ」

自分はへとへとになつてもう一度うたうと、祖母はまたもや涙をぬぐいながら、

「あ、、久し振りで面白かつた。死んだじさまが生きてござつたらなあ。それでは今度は富士太鼓をひとつどうぞ」

（沙門萠圓「謡曲黒白談」『黒白』、一九一七年）

これこそプルーストやヘンリー・ジェイムズのヨーロッパの近代小説が達し得ない境地である。口絵の夢野久作坐像には、祖母の所望にこたえて富士太鼓を永遠にうたいつづける彼の姿があらわれている。

この本を、二十数年、夢野久作のことをくりかえし語ってくださった杉山龍丸氏にささげる。

一九八九年三月三日

鶴見俊輔

夢野久作　年譜

一八八九（明治二十二）年　誕生
一月四日、杉山茂丸と高橋ホトリの長男として福岡市小姓町にうまれる。
一八九一（明治二十四）年　二歳
この頃、実母ホトリ離縁される。
一九〇二（明治三十五）年　十三歳
三月二十日、祖父三郎平死去。
継祖母、継母、異母弟妹と同居。
一九〇三（明治三十六）年　十四歳
尋常高等小学校卒業。修猷館中学校入学。
秋、福岡県の筑豊地方にいた実母の家を訪問し、スケッチ画をのこす。
一九〇八（明治四十一）年　十九歳
修猷館中学校を卒業。兵役志願。近衛歩兵第一聯隊に配属された。
一九〇九（明治四十二）年　二十歳
一年志願兵の訓練を終える。茂丸が杉山農園創立。
一九一〇（明治四十三）年　二十一歳
中央大学予備校にかよい、大学の試験準備。見習士官としての将校教育をうける。
一九一一（明治四十四）年　二十二歳
慶応大学文学部に入学。
一九一二（明治四十五・大正元）年　二十三歳
二月二十六日、陸軍歩兵少尉に任官。
十一月九日、継祖母友子死去。

一九一三（大正二）年　二十四歳
慶応大学中退。
一九一四（大正三）年　二十五歳
放浪時代。
一九一五（大正四）年　二十六歳
六月二十一日、東京の文京区本郷の喜福寺で剃髪、禅僧となる。幼名直樹を泰道と改め、法号を萠圓とする。
一九一六（大正五）年　二十七歳
雲水として京都から大和路を歩き、吉野山、大台ヶ原山中に入る。
一九一七（大正六）年　二十八歳
僧名泰道のまま還俗。杉山家をつぎ、杉山農園にもどる。
「謡曲黒白談」（沙門萠圓）　『黒白』
カット「時計哲学」　〃
「謡曲談」　〃
一九一八（大正七）年　二十九歳
二月二十五日、鎌田昌一の三女クラと結婚。喜多流教授となる。
神奈川県鎌倉郡鎌倉町長谷三〇五番地から福岡県粕屋郡香椎村大字唐原字丸尾に転籍。
「謡曲譚」（沙門萠圓）　『黒白』
「日本の青年諸君に望む」（外人某氏談、TS生訳）（「外人の見たる日本及日本青年」と改題）　〃
『外人の見たる日本及日本青年』（杉山萠圓）　菊池書院
「物価騰貴に就て」（杉山萠圓）　〃
一九一九（大正八）年　三十歳
長男龍丸うまれる。
「三等哲学」（杉山萠圓）　『黒白』
「発明家」（米国人バチュラス著、香椎村人訳）　『黒白』
一九二〇（大正九）年　三十一歳
四月二十四日、『九州日報』記者となる。
「呉井嬢次」（萠圓泰道）　『黒白』

「蠟人形」（「呉井嬢次」を改題）　〃

一九二一（大正十）年　三十二歳

福岡市荒戸町杉土手にうつる。
次男鉄児うまれる。

一九二二（大正十一）年　三十三歳

クラ肺浸潤のため宗像郡津屋崎に静養のところ、杉山農園にもどる。

「傀儡（くぐつ）師」（萠圓泰道）　『黒白』
『白髪小僧』（杉山萠圓）　誠文堂
「犬のいたずら」（無署名）　『九州日報』
「章魚の足」（海若藍平）　〃
「キューピー」（無署名）　〃
「寝ぼけ」（無署名）　〃
「きのこ会議」（無署名）　〃
「三つの眼鏡」（無署名）　〃
「キャラメルとあめだま」（無署名）　〃
「青水仙、赤水仙」（海）　〃
「どろぼうねこ」（海）　〃
「白椿」（海）　〃
「働く町〈ロシア童話（一）〉」（無署名）
「黒い頭」（海）　『九州日報』
「犬の王様」　〃

一九二三（大正十二）年　三十四歳

九月一日、関東大震災で築地の杉山茂丸自宅（台華社）炎上。久作は、『九州日報』社特派記者として上京し多くのスケッチをのこす。

「雨ふり坊主」（香倶土三鳥）　『九州日報』
「若返り薬」（海）　〃
「クチマネ」（海）　〃
「虫の生命（いのち）」（海）　〃
「雪の塔」（海）　〃
「キキリツツリ」（海）　〃
「筆入」（海）　〃
「ドン」（海）　〃
「お菓子の大舞踏会」（海）　〃
「水飲み巡礼」（海）　〃

「二人の男と荷車曳き」　『九州日報』

一九二四（大正十三）年　三十五歳

三月一日、『九州日報』退社。

十月、博文館募集の探偵小説に杉山泰道の名で「侏儒」を応募、選外佳作。

「先生の眼玉に」（香）　『九州日報』

「梅のにおい」（香）　〃

「鉛筆のシン」（香）　〃

「電信柱と黒雲」（香）　〃

一九二五（大正十四）年　三十六歳

「がちゃがちゃ」（香）　『九州日報』

「ツクツク法師」（香）　〃

「ピョン太郎」（香）　〃

「あぶのおれい」（香）　〃

「奇妙な遠眼鏡」（香）　〃

「オシャベリ姫」（かぐつちみどり）　〃

「鵙征伐」（無）　〃

「三人姉妹」（香）　〃

「寸平一代記」（香）　〃

「茶目九郎」　『九州日報』

「紅桜の蕾」　〃

「馬鹿な百姓」　〃

「とんぼ玉」（海）　〃

「犬と人形」（海）　〃

「鼻の表現」（海）　〃

「豚と猪」（土原耕作）　〃

「蛇と蛙」（土）　〃

「ペンとインキ」（土）　〃

「蚤と蚊」（土）　〃

「懐中時計」（土）　〃

「人形と狼」（香）　〃

「森の神」（香）　〃

「約束」（香）　〃

「お金とピストル」（香）　〃

「鷹とひらめ」（香）　〃

「医者と病人」（香）　〃

「二つの鞄」（香）　〃

「狸と与太郎」（香）　〃

一九二六（大正十五・昭和元）年　三十七歳
博文館募集の懸賞小説二等に「あやかしの鼓」当選。
三男参緑うまれる。
「人が喰べ度い」（三鳥山人）『九州日報』
「あやかしの鼓」（夢野久作）『新青年』
「所感」（当選作者の言葉）〃
「印象に残れる作品」〃
「ドタ福クタバレ」『探偵趣味』

一九二七（昭和二）年　三十八歳
「線路〈怪談ばなし〉」『探偵趣味』
「夫人探索」〃
「ざんげの塔」〃
「いなか、の、じけん」〃
「うた」（「猟奇歌」の初めての発表）〃
「チャンバラ」『探偵・映画』
「いなか、の、じけん（続篇）」『探偵趣味』

一九二八（昭和三）年　三十九歳
「人の顔」『新青年』
「『生活』＋『戦争』＋『競技』÷０＝能」（瘂見鈍太郎）『喜多』
「いなか、の、じけん（続篇）」『探偵趣味』
「猟奇歌」『猟奇』
「死後の恋」『新青年』
「マイクロフォン」〃
「瓶詰の地獄」（「瓶詰地獄」と改題）『猟奇』
「手先表情映画脚本」（「涙のアリバイ」と改題）〃

一九二九（昭和四）年　四十歳
「押絵の奇蹟」『新青年』
「微笑〈コント〉」『猟奇』
「模範兵士――いなか、の、じけん」〃
「みのる君の悪口」（瘂）『喜多』
「支那米の袋」『新青年』
「遅蒔ながら」（杉山萠圓）『喜多』
「兄貴の骨――いなか、の、じけん」『猟奇』

「X光線――いなか、の、じけん」　『猟奇』
「あらべすく〈手紙〉」　〃
「猟奇歌」　〃
「鉄鎚行進曲」（後に「鉄鎚」と改題）
『新青年』
「赤い鳥――いなか、の、じけん」　『猟奇』
「ナンセンス」　〃
「空を飛ぶパラソル」　『新青年』
「卵」　『猟奇』
『夢野久作集』（日本探偵小説全集11）　改造社

一九三〇（昭和五）年　四十一歳

五月一日、福岡市黒門三等郵便局長を拝命。

「八幡まいり――いなか、の、じけん」　『猟奇』
「復讐」　『新青年』
「江戸川乱歩氏に対する私の感情」　『猟奇』
「猟奇歌」　『猟奇』
「童貞」　『新青年』
「能とは何か」上中下　『喜多』

一九三一（昭和六）年　四十二歳

「悪魔以上」（連作「江川蘭子」の五）　『新青年』
「猟奇歌」　『猟奇』
「涙香・ポー・それから〈私は何故探偵小説家になったか〉」　『猟奇』
「一足お先きに」　『文学時代』
「霊感！」　『猟奇』
「ココナットの実」　『新青年』
「怪青年モセイ」　『猟奇』
「犬神博士」　『福岡日日新聞』
「自白心理」（「冗談に殺す」）の一部
『新青年』
「怪夢（工場・空中・街路・病院）」
『文学時代』

一九三二（昭和七）年　四十三歳

「猟奇歌」　『猟奇』
「斜坑」　『新青年』
「本格小説の常道〈森下雨村氏の作品〉」　『探偵クラブ』
「旧稿の中より」　『猟奇』
「焦点(フオカス)を合わせる」　『文学時代』
「怪夢（七本の海藻・硝子世界）」　『探偵クラブ』
「狂人は笑う」　『文学時代』
「実さんの精神分析」　『喜多』
「幽霊と推進機(スクリユウ)」　『新青年』
「ビルジング」　『探偵クラブ』
「キチガイ地獄」　『改造』
「老巡査」　『オール読物』
「意外な夢遊探偵」（連作「殺人迷路」の七）　『探偵クラブ』
『押絵の奇蹟』（日本小説文庫二二八）　春陽堂

一九三三（昭和八）年　四十四歳

「けむりを吐かぬ煙突」　『新青年』
「縊死体」　『探偵クラブ』
『暗黒公使(ダーク・ミニスター)』（新作探偵小説全集9）　新潮社
「氷の涯」　『新青年』
「塵」　『新潮』
『氷の涯』（日本小説文庫二六五）春陽堂
『瓶詰地獄』（〃　二七四）〃
『冗談に殺す』（〃　二七五）〃
「爆弾太平記」　『オール読物』
「白菊」　『新青年』
「うごく窓〈猟奇歌〉」　『ぷろふいる』

一九三四（昭和九）年　四十五歳

「梅津只圓翁」（杉山萠圓）　『福岡日日新聞』
「斬られ度さに」　『大衆倶楽部』
「名君忠之」　『福岡日日新聞』
「山羊鬚編集長」　『オール読物』
「三四年問答録」　『新青年』

「乞食の叫び」　『オール読物』
「うごく窓〈猟奇歌〉」　『ぷろふいる』
「難船小僧(S・O・S・BOY)」　『新青年』
「地獄の花〈猟奇歌〉」　『ぷろふいる』
「衝突心理」　『モダン日本』
「木魂(すだま)」　『ぷろふいる』
「無系統虎列刺(コレラ)」　『衆文』
「死〈猟奇歌〉」　『ぷろふいる』
「見世物師の夢」　〃
「ひでり」　『九州文化』
「『金色藻』読後感」　『ぷろふいる』
「猟奇歌」　〃
「路傍の木乃伊」　『衆文』
「白骨譜〈猟奇歌〉」　『ぷろふいる』
「殺人リレー」（「少女地獄」と改題）　『新青年』
「近眼芸妓(げいしゃ)と迷宮事件」　『富士』
「白くれない」　『ぷろふいる』
「書けない探偵小説」　〃

「骸骨の黒穂(くろんぼ)」　『オール読物』
「我もし我なりせば」　『ぷろふいる』

一九三五（昭和十）年　四十六歳

一月二十六日、『ドグラ・マグラ』出版記念会を、東京の大阪ビル内レインボー・グリルでひらく。

五月四日、福岡市中洲の中華園で『ドグラ・マグラ』出版記念会。

七月十九日、父杉山茂丸脳溢血のため東京の麴町三年町の自宅にて死去。

「笑う唖女」　『文芸』
「探偵小説の正体」　『ぷろふいる』
『ドグラ・マグラ』　松柏館書店
「猟奇歌」　『ぷろふいる』
「呑仙子」　『モダン日本』
「スランプ」　『ぷろふいる』
「日本人と能楽」　『謡曲界』
『梅津只圓翁伝』　春秋社
「近世快人伝」　『新青年』

「お茶の湯満腹談」　『文芸通信』
『氷の涯』　春秋社
「超人鬚野博士」　『講談雑誌』
「世界の三聖」　『九州文化』
「道成寺不見記」　『喜多』
「能界万華鏡」　『謡曲界』
「二重心臓」　『オール読物』
「S岬西洋婦人絞殺事件」　『文芸春秋』
「やっつけられる」　『ぷろふいる』
「探偵小説の真使命」　『文芸通信』
「ビール会社征伐」　『モダン日本』
「父・杉山茂丸」　『中央公論』
「父杉山茂丸を語る」　『文芸春秋』
「眼を開く」　『逓信協会雑誌』
「甲賀三郎氏に答う」　『ぷろふいる』
「巡査辞職」　『新青年』
「古き日より」　『九州文化』
『近世快人伝』　黒白書房

一九三六（昭和十一）年　四十七歳

二月二十六日、父茂丸没後の後始末で上京中、二・二六事件に遭う。
三月十一日、脳溢血にて急死。
戒名悟真院吟園泰道居士。
「人間レコード」　『現代』
「髪切虫」　『ぷろふいる』
「継子」　『令女界』
「黄金の滝」　『近代人』
「私の好きな読みもの」　『月刊探偵』
「古い日記の中から〈短歌〉」『日本文芸』
「頭山満先生」　『日本少年』
「自己を公有せよ」　『九州日報』
「人間腸詰（そうせえじ）」　『新青年』
「悪魔祈禱書」『サンデー毎日増刊号』
『少女地獄』（かきおろし探偵傑作叢書1）
黒白書房
「名娼満月」　『富士増刊号』
「女坑主」　『週刊朝日増刊号』
「探偵小説漫想」　『探偵文学』

「創作人物の名前に就て」　『月刊探偵』
「戦場」　『改造』
「良心・第一義」　『ぷろふいる』
『夢野久作全集・第四巻』　黒白書房
「冥土行進曲」　『新青年』
「芝居狂冒険」　『ぷろふいる』
「雪子さんの泥棒よけ」　『月刊探偵』
『夢野久作全集・第六巻』　黒白書房
『夢野久作全集・第八巻』　〃
「オンチ」　『講談倶楽部』

一九三七（昭和十二）年
「恐ろしい東京」　『探偵春秋』
『山羊鬚編集長』（夢野久作傑作集1）　春秋社

一九三八（昭和十三）年
『ドグラ・マグラ』（夢野久作傑作集2）　春秋社
『犬神博士』（夢野久作傑作集3）　〃
『巡査辞職』（夢野久作傑作集4）　〃

（以上、杉山龍丸編の年譜『夢野久作の日記』葦書房、一九七六年、による。）

＊編集部注　杉山満丸氏により一八九一年と一九〇三年の項の実母に関する記述が補足された。

〔「シリーズ民間日本学者20」としてリブロポートより一九八九年六月刊〕

「世界小説」の誕生と継承

解説

安藤礼二

鶴見俊輔は、本書の骨格となる『夢野久作　迷宮の住人』（一九八九年）の成立について、こう語っている（文庫化にあたって底本とされた『鶴見俊輔集・続3　高野長英・夢野久作』に付された「著者自身による解説」より）――。

夢野久作は、一九三六年、中学校一年生のころに私の生活に入って来た。久作の父杉山茂丸との縁で、息子の全集（黒白書房版）が私の家におくられてきていたのを読んだ。正確には、私の父と杉山とのつながりによるものでなく、私の母の父後藤新平と久作の父杉山茂丸とのつながりによって、久作の読者を特定できない杉山茂丸の遺族から、私の家あてにおくられてきたのを偶然私が読んだ。私は『犬神博士』に魅せられた。胸ぐらをとって、いやおうなしにはなしの中にまきこまれるように感じた。そのことを二十年以上もおぼえていて、『思想の科学』に書いたのが発端である。

一九三六年は夢野久作がこの世を去った年である。そしてここに記されている、書く主体である鶴見俊輔が、書かれる対象である夢野久作と本格的に向き合うきっかけとなった小論、雑誌『思想の科学』に掲載された「ドグラ・マグラの世界」(一九六二年)もまた、本書の冒頭に収録されることになった。そのことによって、鶴見俊輔と夢野久作との半世紀以上にもわたって持続した関係性の全貌を十全に理解することが可能になった。「ドグラ・マグラの世界」は分量的に短いことと反比例するかのように、内容的にはきわめて充実したものである。『夢野久作　迷宮の住人』の源泉であるとともに、鶴見が久作のなかに何を見ようとしていたのか、まったく夾雑物を差し挟まず、ストレートに伝えてくれる。

一体なぜ、鶴見俊輔は夢野久作を読み続けたのであろうか。それは、ここに掲げた回想にもうかがえるように、鶴見を生んだ「家」と久作を生んだ「家」に多くの共通点があったからである。鶴見は、あたかも久作のことを、自らの先達にして自らの分身のように感じていたはずだ。しかも、両者に共有された「家」の問題は、そのまま「世界」の問題に、歴史(近代日本という「歴史」)の問題に直結していたのである。「ドグラ・マグラの世界」において、鶴見は、久作の代表作、『ドグラ・マグラ』を「世界小説」として捉え直す。「世界小説」とは、自らの位置する固有の状況が、否応なく世界そのものの動向と結びついてしまう時代、ローカリティ（地域性にして固有性）とグローバリティ（世界性にして普遍性）とが複雑な相互関係を結ばざるを得なくなった時代にはじめて産み落とされた「世界意識」を基盤として書かれた小説の謂いである。

それでは、極東の列島に、真の意味で「世界意識」が生まれたのは一体いつのことであったのか。鶴見は、こう答えている。「日本の世界意識は、大正時代の産物である」。そして、こう続けていく。「世界意識」を生んだ具体的な出来事をあげるとするならば……「大正時代のもっとも決定的な世界的事件は、第一次大戦とロシア革命であり、これら両者と日本とをむすびつける事件が、日本のシベリア出兵だった」、と。戦争によって世界は一つに結び合わされ、しかも、その戦争に主体的に参加せざるを得ない状況に追い込まれることによって「世界意識」は生まれた。近代日本において、そうした「世界意識」の誕生を画す特権的な出来事が「シベリア出兵」であった。国家を超えた政治的かつ経済的な広域圏の獲得、アジアにおける超国家つまりは「帝国」の確立を目標とした出兵であった。

鶴見俊輔の母方の祖父、後藤新平は「シベリア出兵」を積極的に推し進めた公の政治家であり、夢野久作（本名、杉山泰道）の父、杉山茂丸は「シベリア出兵」を私的にサポートした「ひとりの浪人」であった。博多の方言で、経済観念に乏しい夢想家を意味する

「夢野久作」という筆名も、父である杉山茂丸が、息子である杉山泰道が発表した文章類を読んで思わず口にした一言から採られたという。鶴見の「家」と久作の「家」は、「シベリア出兵」を介して深い関係を結んでいたのだ。そして、鶴見俊輔も夢野久作も、自らを生んだ「家」の在り方が持たざるを得なかった両義性を、自らの問題として引き受けながら、それを根底から批判した。批判せざるを得なかった。超国家主義を推し進めた「家」に生まれながら、超国家主義を根底から批判する。そのために久作は「世界小説」を独力で書き上げ、鶴見は、そうした「世界小説」を読み進めながら、やはり独力で「世界思想」を育んでいかなければならなかった。専制的な超国家主義を解体し、融通無碍な連合主義、自由な国際主義(「インターナショナリズム」)へと再構築していくことに懸けなければならなかった。ローカルを否定してグローバルをとるのでもなく、グローバルを否定してローカルをとるのでもない。両者の間に立ち、両者の間を生きなければならなかった。

自らの「家」を問うことが「世界」を問うことと重なり合ってしまう。「家」の問題を批判的に検証することが、「世界」の問題、歴史の問題を批判的に検証することと重なり合ってしまう。それが夢野久作の宿命であり、鶴見俊輔の宿命であった。だからこそ一方は生者、一方は死者でありながら、二人は出会わなければならなかったのだ。「世界小説」を読むことは「世界思想」を書くことであり、「世界思想」を読むことは「世界小説」を書くことである。それはきわめて両義的な試みとなる。なぜなら、そのためには、自らの「家」が持つ光と闇とをともに暴き出さなければならなかったからだ。アナキズムでもなく、ファシズムでもなく、その両者の間に立って、その両者がともに生み出されてくる根源的な場所を求める。「日本」を否定するのではなく、あるいは「日本」を絶対とするのでもなく、「日本」を一つの条件として、「世界」そのものに到達しなければならなかった。そのことによって「民族主義」を「国際主義」へと転換させなければならなかった。夢野久作が行なおうとしたことであり、鶴見俊輔が行なおうとしたことである。

夢野久作の父である杉山茂丸や、その後ろ盾となった玄洋社を創設した頭山満など、九州という一地方の「浪人」たちの在り方を、鶴見は、こう定義する。「自由民権の拡大とアジア解放とを求めるインターナショナルな視野をもつ民族主義者」たち、と。さらに鶴見は、そのような民族主義者たちを生み出した、一つの巨大な思想の流れ、その源泉を、こう言いあらわす。「民族主義と大陸浪人的な国際主義をともにうみ出す母体であり、民族主義と無政府主義とのともに生れる場所なのだ」、と。このような場所を、「小説」として表現し尽そうとしたのが夢野久作であり、その夢野久作を範としながら、「思想」として表現し尽そうとしたのが鶴見俊輔であった。

だからこそ、鶴見は、久作の文業を代表する作品として『ドグラ・マグラ』だけを選ばなかった。そうではなく、「浪人」としての生を徹底的に追究し、そこに自らの理想の生を重ね合わせようとした架空の自叙伝である『犬神博士』、さらには、「シベリア出兵」それ自体を主題として、国家という枠そのものから「外」へと逃亡しようとする『氷の涯』という、久作が残した二つの作品と共振し、交響するものとして『ドグラ・マグラ』を位置づけ直す。そしてまた、そのような三幅対となる作品を残すことができた「夢野久作」と、杉山茂丸の息子として現実の父に反撥しながらも、やはり父が掲げた理想を生き抜こうと悪戦苦闘した「杉山泰道」を切り離さない。両者は不可分であり、表裏一体の関係として存在している。

それが、後藤新平の孫として、あるいはその後藤の営為を引き継ごうとした政治家であるとともに小説家、そして伝記作家でもあった鶴見祐輔の子として生きなければならなかった鶴見俊輔の結論でもあった——黒川創の『鶴見俊輔伝』(新潮社、二〇一八年)を参照するならば、さまざまな著名人の間を器用に泳ぐようにして生きた鶴見祐輔の政治家としての生涯は、いくぶんかは杉山茂丸を彷彿とさせる。鶴見自身はその内実を語ることはなかったが、久作と俊輔は、きわめてよく似た「家」に育っていたのだ。鶴見は久作の作品とのはじめての出会いの際に祖父の名前は記すが父の名前は記さず、久作が評価するのは、なによりも頭山のもつ「いつも自分を捨てる用意をもっているところ」であり、父の茂丸がもつ「現代に於ける最高度の宣伝上手」のところではなかった(『近世快人伝』より)。

それゆえに、鶴見俊輔は、『夢野久作　迷宮の住人』を編むにあたって、その第一部を「夢野久作の世界」と題し、それぞれ一章を費やして、『犬神博士』『氷の涯』『ドグラ・マグラ』という三つの作品を論じていかなければならなかったのだ。さらにその第二部は「杉山泰道の生涯」と題され、優に第一部の二倍以上の分量が費やされて、父である杉山茂丸の生涯と、子である杉山泰道の生涯が連続して論じていかれなければならなかった。鶴見にとって「夢野久作」は「杉山泰道」であり、「杉山泰道」は「夢野久作」であった。そして第一部と第二部に続く第三部を、鶴見は「作品の活動」と題し、久作の作品群が同時代にいかにして読まれ、その後の一時期にいかにして読まれなくなり、一九六〇年代にいかにして新たな視点から読み直されるようになったのか、作品解釈の「意味の増殖と磨滅」を論じてゆく。そのなかでも白眉となるのが、江戸川乱歩とのやり取り、それぞれの作品を介した応答であろう。

雑誌『新青年』に応募された久作の「あやかしの鼓」を乱歩は酷評する。おそらくは、その酷評に奮発し、なおかつ、乱歩が選評中に残した「この作の取柄(とりえ)は、全体に漲(みなぎ)つてゐる気違ひめいた味です」という一節を極限まで追究することによって『ドグラ・マグラ』が成ったのではないか。鶴見はそう推測してゆく。批評家としての鶴見は、批評家としての乱歩の鋭い読みが孕んでいた可能性を的確に指摘してゆく。しかし、久作が「押絵の奇蹟」を発表することで、今度は立場が逆転する。批評家としてのみならず、創作者として同様のモチーフを追究していた乱歩は、大きな衝撃を受ける。いったん自らの構想を破棄して、あらためて書き直したのが、今日では誰もが乱歩の代表作として認める「押絵と旅する男」である。鶴見は、そうした経緯を詳細にたどってゆく。久作の「押絵の奇蹟」と乱歩の「押絵と旅する男」を一つにつなぎ、なおかつ久作の「押絵の奇蹟」という作品のもつ本質を、母親がそのために殺され、自分もそのことによって傷を追った、双生児のようによく似た異性の誕生(それこそが「押絵」の奇蹟である)、その生の根源への回帰、「胎児として十ケ月くらしている状態が夫婦であるという原状への回帰をねがう長い恋文」として喝破する。鶴見の批評家としての手腕は見事である。

鶴見俊輔は、超一流の文芸史家にして文芸批評家でもあった。これ以上は蛇足かもしれない。しかし、夢野久作の『ドグラ・マグラ』に、この極東の列島における「世界小説」の誕生、その一つのはじまりを見出した鶴見が、そうした「世界小説」の継承にして、未来にひらかれたその成熟を、一体どのような地点に定めようとしていたのか。夢野とはまた別の、鶴見よりも年長ではあるが、戦後をともに生きたもう一人の作家が、やはり生涯をかけて取り組んだ一つの作品をその実例として示し、鶴見による「世界小説」の文学史に一つの完成を与えておきたい。埴谷雄高の『死霊』である。

夢野久作の『ドグラ・マグラ』からはじめられた鶴見俊輔による「世界小説」論は、埴谷雄高の『死霊』において一つの完成を迎えるのではないか。それが、私による読みである。鶴見自身、「ドグラ・マグラの世界」で、埴谷の『死霊』を「世界小説」の例としてあげている。もちろん、そのような「世界小説」論は、鶴見俊輔という類い稀な個性によってはじめて可能になった、極私的な解釈史でもあるだろう。しかし、少なくとも、この私にとっては、そうした鶴見の読みに、現実の歴史と闘いながら、独自の表現世界を築き上げていた作者たちの営為を一つに集約する可能性、近代日本文学の正統な歴史からは完全に逸脱しながら、しかし、それゆえに最も豊かである表現者の系譜が見出されるのではないかと思える。

極東の列島における「世界小説」の成熟とは、日本語を用いて表現する作家たちが、「みずからの世界意識を表現することをとおして、世界の世界意識をつくりかえようとするところまで来た」と評価を下すことができる地平にまで到達したことを意味する。鶴見俊輔による埴谷雄高論は、鶴見が世を去るちょうど一〇年前、一冊の書物、『埴谷雄高』（講談社、二〇〇五年）としてまとめられた。鶴見俊輔は、夢野久作を評して、「意識の存在のはじめとおわりを書いた作家である」としている。埴谷雄高もまた、『死霊』において、なによりも「意識の存在のはじめとおわり」を探究した、しかもそのはじまりを、はじまり自体が消滅してしまうようなゼロ、「虚」（「虚体」）として描ききろうとした作家ではなかったか。

埴谷雄高は、大岡昇平との晩年の対話にも明らかなように、夢野久作が『ドグラ・マグラ』で提起した「胎児の夢」を自らが継承していることを意識しており、久作と同様、その特異な作品のなかに、生命進化のすべての相を取り入れようと試みていた。もちろん二人の生涯と作品には際立った差異も存在する。久作には故郷があり、それゆえ、故郷に固有の言葉を用いることができた。それに比して、大日本帝国の植民地であった台湾に生まれた埴谷には故郷がなく、それゆえ、故郷をもたない極度に人工的な言葉を用いてしか作品世界を築き上げることができなかった。『死霊』は、『ドグラ・マグラ』という巨大な物語の始点であると同時に終点である精神病院（「風癲病院」）からはじまるが、なによりも、そこから「外」へと出て行く。それは列島の「外」を生きた埴谷によってはじめて可能となることであった。

夢野久作の営為にあらためて注目が集まった一九六〇年代、戦前の「転向」において資本主義の道も社会主義の道も選ばずに独自の道、無限にして永遠を思索する道を選んだ埴谷雄高は、独自の革命理論、永久革命の理論を練り上げ、それを実践していこうとする。ファシズムでもアナキズムでもなく、両者の間に生ける死者、つまりは「死霊」となって立ち、遠い未来の地点から、両者に対する根底的(ラディカル)な批判を記す。それはまさに、「ドグラ・マグラの世界」で、鶴見俊輔が最後に取り上げた、自らと自らの子どもを破滅させることによって実証しようとした人間変革にして社会変革の理論を、まったく新たな地平によみがえらせることでもあった。鶴見は、述べる。「これは、自分の生活を破局におとしいれて自分の学説を証明しようとする破滅型・実存主義的な学問論であり、太宰治を連想させる。またブルジョア支配下の法を破り犯罪をおかして学説を証明しようとする革命主義的な学問論であり、全学連の理論家たちを連想させる」。

もちろん、このような理論にして実践は、きわめて両義的なものである。しかし、いま現在、あらためて、一〇〇年前にこの極東の列島に「世界意識」が芽生えた時代をそのまま反復するかのようにして、戦争が世界のすべての地域を巻き込み、覆い尽くそうとしている。そのような時代であればこそ、「世界小説」のはじまりからその帰結に到るまで、その危険性と可能性、破壊と構築という両極を考慮に入れながら、あらためてそれらを、『ドグラ・マグラ』から『死霊』までを、読み直していく必要があるだろう。鶴見俊輔はいまだに、そのための最良の導き手としての地位を保ち続けている。

本書は『鶴見俊輔書評集成1　1946―1969』(二〇〇七年七月、みすず書房刊)と『鶴見俊輔集・続3　高野長英・夢野久作』(二〇〇一年二月、筑摩書房刊)を底本としました。本文中明らかな誤記や誤植と思われる箇所は正し、多少ふりがなを調整しました。なお、引用した文章や資料中に今日の人権意識から見て、精神障害・身体障害・身分・職業などに関する不当ないし不適切な語句や表現が存在しますが、時代背景および資料的・作品的価値に鑑み、そのまとしました。

Kodansha Bungei bunko

ドグラ・マグラの世界｜夢野久作 迷宮の住人

鶴見俊輔

2024年1月11日第1刷発行
2024年2月20日第2刷発行

発行者……森田浩章
発行所……株式会社 講談社
〒112-8001 東京都文京区音羽2・12・21
電話 編集（03）5395・3513
販売（03）5395・5817
業務（03）5395・3615

デザイン……水戸部 功
印刷……株式会社ＫＰＳプロダクツ
製本……株式会社国宝社
本文データ制作……講談社デジタル製作

定価はカバーに表示してあります。

落丁本・乱丁本は購入書店名を明記のうえ、小社業務宛にお送りください。
送料は小社負担にてお取り替えいたします。
なお、この本の内容についてのお問い合わせは文芸文庫（編集）宛にお願いいたします。

ISBN978-4-06-534268-8

講談社文芸文庫

著者	書名	解説等
塚本邦雄	茂吉秀歌『赤光』百首	島内景二――解
塚本邦雄	新古今の惑星群	島内景二――解／島内景二――年
つげ義春	つげ義春日記	松田哲夫――解
辻 邦生	黄金の時刻の滴り	中条省平――解／井上明久――年
津島美知子	回想の太宰治	伊藤比呂美-解／編集部――年
津島佑子	光の領分	川村 湊――解／柳沢孝子――案
津島佑子	寵児	石原千秋――解／与那覇恵子-年
津島佑子	山を走る女	星野智幸――解／与那覇恵子-年
津島佑子	あまりに野蛮な 上・下	堀江敏幸――解／与那覇恵子-年
津島佑子	ヤマネコ・ドーム	安藤礼二――解／与那覇恵子-年
坪内祐三	慶応三年生まれ 七人の旋毛曲り 漱石・外骨・熊楠・露伴・子規・紅葉・緑雨とその時代	森山裕之――解／佐久間文子-年
鶴見俊輔	埴谷雄高	加藤典洋――解／編集部――年
鶴見俊輔	ドグラ・マグラの世界｜夢野久作 迷宮の住人	安藤礼二――解
寺田寅彦	寺田寅彦セレクション Ⅰ 千葉俊二・細川光洋選	千葉俊二――解／永橋禎子――年
寺田寅彦	寺田寅彦セレクション Ⅱ 千葉俊二・細川光洋選	細川光洋――解
寺山修司	私という謎 寺山修司エッセイ選	川本三郎――解／白石 征――年
寺山修司	戦後詩 ユリシーズの不在	小嵐九八郎-解
十返肇	「文壇」の崩壊 坪内祐三編	坪内祐三――解／編集部――年
徳田球一 志賀義雄	獄中十八年	鳥羽耕史――解
徳田秋声	あらくれ	大杉重男――解／松本 徹――年
徳田秋声	黴｜爛	宗像和重――解／松本 徹――年
富岡幸一郎	使徒的人間 ―カール・バルト―	佐藤 優――解／著者――年
富岡多恵子	表現の風景	秋山 駿――解／木谷喜美枝-案
富岡多恵子編	大阪文学名作選	富岡多恵子-解
土門 拳	風貌｜私の美学 土門拳エッセイ選 酒井忠康編	酒井忠康――解／酒井忠康――年
永井荷風	日和下駄 一名 東京散策記	川本三郎――解／竹盛天雄――年
永井荷風	［ワイド版］日和下駄 一名 東京散策記	川本三郎――解／竹盛天雄――年
永井龍男	一個｜秋その他	中野孝次――解／勝又 浩――案
永井龍男	カレンダーの余白	石原八束――人／森本昭三郎-年
永井龍男	東京の横丁	川本三郎――解／編集部――年
中上健次	熊野集	川村二郎――解／関井光男――案
中上健次	蛇淫	井口時男――解／藤本寿彦――年

▶解=解説 案=作家案内 人=人と作品 年=年譜を示す。 2024年2月現在

講談社文芸文庫

中上健次 ―水の女　前田 塁――解/藤本寿彦――年
中上健次 ―地の果て 至上の時　辻原 登――解
中川一政 ―画にもかけない　高橋玄洋――人/山田幸男――年
中沢けい ―海を感じる時|水平線上にて　勝又 浩――解/近藤裕子――案
中沢新一 ―虹の理論　島田雅彦――解/安藤礼二――年
中島 敦 ―光と風と夢|わが西遊記　川村 湊――解/鷺 只雄――案
中島 敦 ―斗南先生|南島譚　勝又 浩――解/木村一信――案
中野重治 ―村の家|おじさんの話|歌のわかれ　川西政明――解/松下 裕――案
中野重治 ―斎藤茂吉ノート　小高 賢――解
中野好夫 ―シェイクスピアの面白さ　河合祥一郎-解/編集部――年
中原中也 ―中原中也全詩歌集 上・下 吉田凞生編　吉田凞生――解/青木 健――案
中村真一郎 -この百年の小説 人生と文学と　紅野謙介――解
中村光夫 ―二葉亭四迷伝 ある先駆者の生涯　絓 秀実――解/十川信介――案
中村光夫選 -私小説名作選 上・下 日本ペンクラブ編
中村武羅夫 -現代文士廿八人　齋藤秀昭――解
夏目漱石 ―思い出す事など|私の個人主義|硝子戸の中　石﨑 等――年
成瀬櫻桃子 -久保田万太郎の俳句　齋藤礎英――解/編集部――年
西脇順三郎 -ambarvalia|旅人かへらず　新倉俊一――人/新倉俊一――年
丹羽文雄 ―小説作法　青木淳悟――解/中島国彦――年
野口冨士男 -なぎの葉考|少女 野口冨士男短篇集　勝又 浩――解/編集部――年
野口冨士男 -感触的昭和文壇史　川村 湊――解/平井一麥――年
野坂昭如 ―人称代名詞　秋山 駿――解/鈴木貞美――案
野坂昭如 ―東京小説　町田 康――解/村上玄一――年
野崎 歓 ―異邦の香り ネルヴァル『東方紀行』論　阿部公彦――解
野間 宏 ―暗い絵|顔の中の赤い月　紅野謙介――解/紅野謙介――年
野呂邦暢 ―[ワイド版]草のつるぎ|一滴の夏 野呂邦暢作品集　川西政明――解/中野章子――年
橋川文三 ―日本浪曼派批判序説　井口時男――解/赤藤了勇――年
蓮實重彥 ―夏目漱石論　松浦理英子-解/著者――年
蓮實重彥 ―「私小説」を読む　小野正嗣――解/著者――年
蓮實重彥 ―凡庸な芸術家の肖像 上 マクシム・デュ・カン論
蓮實重彥 ―凡庸な芸術家の肖像 下 マクシム・デュ・カン論　工藤庸子――解
蓮實重彥 ―物語批判序説　磯﨑憲一郎-解
蓮實重彥 ―フーコー・ドゥルーズ・デリダ　郷原佳以――解
花田清輝 ―復興期の精神　池内 紀――解/日高昭二――年

著者	書名	解説・年譜
埴谷雄高	死霊 I II III	鶴見俊輔──解／立石 伯──年
埴谷雄高	埴谷雄高政治論集 埴谷雄高評論選書1 立石伯編	
埴谷雄高	酒と戦後派 人物随想集	
濱田庄司	無盡蔵	水尾比呂志-解／水尾比呂志-年
林京子	祭りの場｜ギヤマン ビードロ	川西政明──解／金井景子──案
林京子	長い時間をかけた人間の経験	川西政明──解／金井景子──年
林京子	やすらかに今はねむり給え｜道	青来有一──解／金井景子──年
林京子	谷間｜再びルイへ。	黒古一夫──解／金井景子──年
林芙美子	晩菊｜水仙｜白鷺	中沢けい──解／熊坂敦子──案
林原耕三	漱石山房の人々	山崎光夫──解
原民喜	原民喜戦後全小説	関川夏央──解／島田昭男──年
東山魁夷	泉に聴く	桑原住雄──人／編集部──年
日夏耿之介	ワイルド全詩（翻訳）	井村君江──解／井村君江──年
日夏耿之介	唐山感情集	南條竹則──解
日野啓三	ベトナム報道	著者──年
日野啓三	天窓のあるガレージ	鈴村和成──解／著者──年
平出隆	葉書でドナルド・エヴァンズに	三松幸雄──解／著者──年
平沢計七	一人と千三百人｜二人の中尉 平沢計七先駆作品集	大和田 茂──解／大和田 茂──年
深沢七郎	笛吹川	町田 康──解／山本幸正──年
福田恆存	芥川龍之介と太宰治	浜崎洋介──解／齋藤秀昭──年
福永武彦	死の島 上・下	富岡幸一郎-解／曾根博義──年
藤枝静男	悲しいだけ｜欣求浄土	川西政明──解／保昌正夫──案
藤枝静男	田紳有楽｜空気頭	川西政明──解／勝又 浩──案
藤枝静男	藤枝静男随筆集	堀江敏幸──解／津久井 隆──年
藤枝静男	愛国者たち	清水良典──解／津久井 隆──年
藤澤清造	狼の吐息｜愛憎一念 藤澤清造 負の小説集 西村賢太編・校訂	西村賢太──解／西村賢太──年
藤澤清造	根津権現前より 藤澤清造随筆集 西村賢太編	六角精児──解／西村賢太──年
藤田嗣治	腕一本｜巴里の横顔 藤田嗣治エッセイ選 近藤史人編	近藤史人──解／近藤史人──年
舟橋聖一	芸者小夏	松家仁之──解／久米 勲──年
古井由吉	雪の下の蟹｜男たちの円居	平出 隆──解／紅野謙介──案
古井由吉	古井由吉自選短篇集 木犀の日	大杉重男──解／著者──年
古井由吉	槿	松浦寿輝──解／著者──年
古井由吉	山躁賦	堀江敏幸──解／著者──年
古井由吉	聖耳	佐伯一麦──解／著者──年

講談社文芸文庫

著者	書名	解説・年譜
古井由吉	仮往生伝試文	佐々木 中―解／著者―年
古井由吉	白暗淵	阿部公彦―解／著者―年
古井由吉	蜩の声	蜂飼 耳―解／著者―年
古井由吉	詩への小路 ドゥイノの悲歌	平出 隆―解／著者―年
古井由吉	野川	佐伯一麦―解／著者―年
古井由吉	東京物語考	松浦寿輝―解／著者―年
古井由吉 佐伯一麦	往復書簡『遠くからの声』『言葉の兆し』	富岡幸一郎―解
古井由吉	楽天記	町田 康―解／著者―年
北條民雄	北條民雄 小説随筆書簡集	若松英輔―解／計盛達也―年
堀江敏幸	子午線を求めて	野崎 歓―解／著者―年
堀江敏幸	書かれる手	朝吹真理子―解／著者―年
堀口大學	月下の一群（翻訳）	窪田般彌―解／柳沢通博―年
正宗白鳥	何処へ|入江のほとり	千石英世―解／中島河太郎―年
正宗白鳥	白鳥随筆 坪内祐三選	坪内祐三―解／中島河太郎―年
正宗白鳥	白鳥評論 坪内祐三選	坪内祐三―解
町田康	残響 中原中也の詩によせる言葉	日和聡子―解／吉田凞生・著者―年
松浦寿輝	青天有月 エセー	三浦雅士―解／著者―年
松浦寿輝	幽|花腐し	三浦雅士―解／著者―年
松浦寿輝	半島	三浦雅士―解／著者―年
松岡正剛	外は、良寛。	水原紫苑―解／太田香保―年
松下竜一	豆腐屋の四季 ある青春の記録	小嵐九八郎―解／新木安利他―年
松下竜一	ルイズ 父に貰いし名は	鎌田 慧―解／新木安利他―年
松下竜一	底ぬけビンボー暮らし	松田哲夫―解／新木安利他―年
丸谷才一	忠臣蔵とは何か	野口武彦―解
丸谷才一	横しぐれ	池内 紀―解
丸谷才一	たった一人の反乱	三浦雅士―解／編集部―年
丸谷才一	日本文学史早わかり	大岡 信―解／編集部―年
丸谷才一編	丸谷才一編・花柳小説傑作選	杉本秀太郎―解
丸谷才一	恋と日本文学と本居宣長|女の救はれ	張 競―解／編集部―年
丸谷才一	七十句|八十八句	編集部―年
丸山健二	夏の流れ 丸山健二初期作品集	茂木健一郎―解／佐藤清文―年
三浦哲郎	野	秋山 駿―解／栗坪良樹―案
三木清	読書と人生	鷲田清一―解／柿谷浩一―年

講談社文芸文庫

講談社文芸文庫

講談社文芸文庫

吉行淳之介-やわらかい話 吉行淳之介対談集 丸谷才一編　久米 勲――年
吉行淳之介-やわらかい話2 吉行淳之介対談集 丸谷才一編　久米 勲――年
吉行淳之介-街角の煙草屋までの旅 吉行淳之介エッセイ選　久米 勲――解／久米 勲――年
吉行淳之介-[ワイド版]私の文学放浪　長部日出雄-解／久米 勲――年
吉行淳之介-わが文学生活　徳島高義――解／久米 勲――年
リービ英雄-日本語の勝利|アイデンティティーズ　鴻巣友季子-解
渡辺一夫――ヒューマニズム考 人間であること　野崎 歓――解／布袋敏博――年

アポロニオス／岡 道男 訳
アルゴナウティカ　アルゴ船物語　岡 道男――解

荒井 献 編
新約聖書外典

荒井 献 編
使徒教父文書

アンダソン／小島信夫・浜本武雄 訳
ワインズバーグ・オハイオ　浜本武雄――解

ウルフ、T／大沢 衛 訳
天使よ故郷を見よ（上）（下）　後藤和彦――解

ゲーテ／柴田 翔 訳
親和力　柴田 翔――解

ゲーテ／柴田 翔 訳
ファウスト（上）（下）　柴田 翔――解

ジェイムズ、H／行方昭夫 訳
ヘンリー・ジェイムズ傑作選　行方昭夫――解

ジェイムズ、H／行方昭夫 訳
ロデリック・ハドソン　行方昭夫――解

関根正雄 編
旧約聖書外典（上）（下）

ドストエフスキー／小沼文彦・工藤精一郎・原 卓也 訳
鰐　ドストエフスキー ユーモア小説集　沼野充義――編・解

ドストエフスキー／井桁貞義 訳
やさしい女｜白夜　井桁貞義――解

ナボコフ／富士川義之 訳
セバスチャン・ナイトの真実の生涯　富士川義之――解

ハクスレー／行方昭夫 訳
モナリザの微笑　ハクスレー傑作選　行方昭夫――解

講談社文芸文庫